생오지 가는 길

사진이 있는 에세이 ─ 1

생오지 가는 길

문순태 산문집

오상조 사진

눈빛

문순태 1941년 전남 담양에서 태어나 조선대·숭실대 대학원을 졸업했다. 1974년 『한국문학』
에 「백제의 미소」로 등단해 작품활동을 시작했다. 주요 작품집으로 『고향으로 가는 바람』 『징
소리』 『철쭉제』 『된장』 『울타리』 등이 있고, 장편소설 『타오르는 강』 『그들의 새벽 』 『정읍사』
등을 발표했다. 한국소설문학 작품상, 요산문학상, 이상문학상 특별상 등을 수상했다. 광주대
문예창작과를 정년 퇴임한 후 전남 담양군 생오지 마을에 정착해 집필에 전념하고 있다.

오상조 1952년 전북 장수에서 태어나 중앙대 사진학과와 동 대학원을 졸업했다. 〈한국의 석상
전〉 〈청학동 운주사 사진전〉 〈우리 땅 사진전〉 등 11회의 개인전을 가진 바 있으며, 사진집으로
『청학동 사람들』 『운주사』 『동구밖 당산나무』 등이 있다. 한국사진학회 회장을 역임했으며, 현
재 광주대 사진영상학과 교수로 있다.

사진이 있는 에세이 - 1

생오지 가는 길

문순태 산문집 / 오상조 사진

초판 1쇄 발행일 ─ 2009년 5월 20일

발행인 ─ 이규상

편집인 ─ 안미숙

발행처 ─ 눈빛출판사

　　　　　서울시 마포구 상암동 1653 이안상암2단지 506호

　　　　　전화 336-2167 팩스 324-8273

등록번호 ─ 제1-839호

등록일 ─ 1988년 11월 16일

편집 ─ 정계화·고성희·박보경·성윤미

출력 ─ DTP하우스

인쇄 ─ 예림인쇄

제책 ─ 일광문화사

값 12,000원

ISBN 978-89-7409-651-9　03810

세상은 몇 가지 색깔로 이루어졌을까

문순태

나는 작년 가을에 오십 년생쯤 됨 직한 선향나무 한 그루를 사다 집 앞에 심었다. 사철 변화 없는 늘 푸른 색깔이 너무 좋아서다. 그런데 자세히 보니 향나무는 언제나 푸른 것만은 아니라는 것을 알았다. 햇볕이 쨍쨍한 여름날 대낮에는 청록색으로 사뭇 짙푸르게 빛나고, 봄날 아침 안개에 친친 휘감겼을 때는 잿빛 바탕에 푸른빛이 섞인 회청색으로 보였다. 비가 올 때는 햇볕 속에서보다 그 푸름이 한껏 짙어 산뜻한 감청색에 가깝다. 푸른빛이 도는 녹색과 프러시안 블루는 상당한 차이가 있다. 나뭇잎의 색깔은 강렬한 햇빛에서보다 비에 젖을 때가 더 짙다는 것을 알 수 있었다. 그런가 하면 향나무에 눈이 내릴 때 보니 흰빛과 푸른빛이 대조되면서 절묘한 아름다움을 자아냈다. 추운 겨울, 창밖으로 푸른 향나무에 눈이 불불 내리는 것을 멀찍이서 바라보고 있노라면, 어느덧 내가 초연해지면서 얼어붙은 마음이 사르르 녹아내리는 것만 같다.

나는 집 앞의 푸른 향나무를 보면서 세상은 몇 가지 색깔로 이루어져 있을까 생각해 보았다. 옛날 동양에서는 세상을 오방색으로 보았고, 서양에서는 일곱 가지 무지개 색깔로 보았다. 그러나 광학적으로 분석해 보면 이 세상은 상상할 수 없을 정도로 수많은 색깔로 이루어졌다고 한다. 어쩌면 사람에 따라 세상은 사뭇 다른 색으로 보일 수 있지 않겠는가 싶다. 계절의 변화에 민감한 농사꾼의 눈에는 삼라만상의 빛깔이 각기 다르게 보일 것이며, 장사하는 사람들의 눈에는 세상이 황금빛으로 보일 수도 있을 것이다. 글을 쓰는 사람은 눈이 아닌 마음으로 세상을 보려고 하기 때문에 심리나 감정에 따라 달라지게 마련이다. 그것은 무채색의 세상일지도 모른다. 지나치게 주관적일 수밖에 없는 그 색깔은 작가의 중심적 정서이며, 작품세계와 통하기도 한다.

그렇다면 카메라 렌즈를 통해 본 세상은 어떤 빛깔일까. 렌즈를 통해서 세상을 보는 사진가의 눈도 글 쓰는 사람의 눈과 크게 다르지 않다고 생각한다. 글과 사진에 공통적으로 인생을 담으려고 하기 때문이다. 사진가의 눈은 보다 객관적 진실을 강조하려고 하기 때문에 더 진실하다고 할 수가 있다. 다만 글을 쓰는 사람의 눈이 무채색의 세상을 보고 싶어 한다면, 사진가의 눈은 유채색의 세상을 더 보고 싶어 하는 차이가 있을 수 있다. 소설가나 시인은 과거를 통해 현재를 보고 싶어 하고, 사진가는 현재를 통해 과거를 보려고 하기 때문일 것이다.

나는 때때로 머리로 세상을 보려고 하는 것은 아닐까 하고 반성하기도 한다. 머리로 보는 세상과 감정으로 보는 세상은 많은 차이가 있다. 머리로 무지개를 보면 단순히 물리적 현상에 불과하지만, 감정으로 보는 무지개는 꿈·사랑·이상이 될 수 있다. 그러나 렌즈로 보는 세상은 눈으로 보는 세상보다 분명 더 많은 색깔과 의미를 담고 있을 것이다. 렌즈로 보는 세상은 머리와 감성, 사람과 기계가 함께 볼 수 있기 때문이다. 카메라 렌즈는 분명 인간의 눈으로 볼 수 없는 또 다른 세계를 볼 수 있을 것이다. 소설가의 가슴과 사진가의 눈이 만나고 보니, 세상은 더욱 깊고 찬란하게 빛나는 것 같다. 글에는 이야기가 있고 사진은 이야기 뒤에 숨겨져 보이지 않는 상상력을 제공해 줄 것이다.

여기 수록된 글들은 상당 부분 내가 2006년 도시를 떠나서, 무등산 뒷자락 깊은 골짜기 마을인 '생오지'에 들어와 살면서부터 쓴 것이다. 처음 이곳에 왔을 때는 자꾸 시가 분수처럼 솟아나오려고 했다. 아마도 새로운 체험에서 오는 감흥 때문이었으리라. 시를 쓰고 싶은 마음을 꾹꾹 눌러 가까스로 가라앉히자, 수필이 쓰고 싶었고, 수필을 수십 편 쓰고 나서 한참 후에야 소설을 쓸 수가 있었다. '생오지' 이야기 외에, 어머니, 광주 이야기, 기행문 등은 예전에 쓴 것이다.

사진작품들로 내 어설픈 글들을 한껏 빛나게 해주신 사진가 오상조 교수님께 감사드린다. 오상조 교수와 나는 광주대학교 시절에 함께 지냈다. 세상과 자연을 보는 눈이 서로 통해, 각별하게 지냈다. 무엇보다 나는 오 교수의 사진이 내 작품세계와 맥이 통하는 것 같아서 남다른 정을 갖고 있다. 『청학동 사람들』 『운주사』 『동구밖 당산나무』 등 오 교수의 사진집을 대할 때마다, 사라져 가는 것들에 대한 애착을 갖고 있는 그의 일관된 작가정신에 갈채를 보내곤 했다. 우리는 오래전부터 뜻을 함께하는 일을 하고 싶어 했는데, 이번에 포토에세이집을 내게 되어 기분이 간질간질하다. 끝으로 출판계의 어려운 형편에서도, 흔쾌히 이 책을 내주신 눈빛출판사 이규상 사장께 진심으로 감사드린다.

차례

생오지에 와서

사 년 전 여름, 나는 반세기 이상을 붙박이로 살아왔던 광주를 떠나 담양의 산골마을로 귀향했다. 무등산 뒷자락 소쇄원 근처 깊은 골짜기에 서실을 마련 '생오지'라는 손바닥만한 현판을 달았다.

생오지는 예로부터 불리어 온 이 마을 본디 이름이다. 내가 어렸을 때는 '쎙오지'라고들 했다. 마을 이름 그대로, 오지 중의 오지로, 사방이 산으로 에둘러 소쿠리 속처럼 깊고 한갓진 곳이다. 마을에는 대문도 문패도 없고 구멍가게 하나 없다. 마을 앞으로 고라니가 한가하게 지나고, 마당에는 병아리 대신 꺼병이들이 뿡뿡거리는가 하면, 밤에는 명치끝이 아릴 정도로 소쩍새가 낭자하게 울어대는 곳.

아랫마을 구산리가 내 고향이고, 골짜기 밖 이 킬로미터 떨어진 곳에 내가 다녔던 인암분교가 있다. 나는 초등학교 오학년 때 고향을 떠났다. 이 골짜기 안통이 백아산 공비토벌 작전지역이 된 탓에, 마을은 옴씰하게 불태워졌고 주민들은 강제로 내쫓김을 당했다. 암튼 기력이 쇠잔한 노년의 귀향은

생오지 마을의 작가 서실, 전남 담양, 2008

미래에 대한 도전이 아니라, 과거로 회귀하는 것만 같아 조금은 씁쓸한 기분이기도 하다.

내가 생오지에 서실을 마련한 것은 책 때문이었다. 정년을 맞자 연구실에 가득 쌓인 책을 어떻게 처리할까가 큰 걱정이었다. 도서관에 기증을 할까 했으나 희귀본을 들먹이며 별로 탐탁스러워하지 않았다. 학생들에게 모두 나눠 줄까도 했지만 좋은 책들만 골라 가고 나머지는 고물장수한테 넘겨지게 될 것이 뻔했다. 책들을 버리기가 아까웠다. 이 책들을 구입하기 위해 옴니암니 들어간 돈만도 아파트 한 채 값은 좋이 되리라 싶었다.

고등학교 삼학년 때 세계문학전집 한 질을 사 주면 아버지 소원대로 의대에 합격하겠다고 생떼를 쓰다시피 하여 어렵게 구입했던 문학전집. 짙은 녹두빛 장정의 1959년도판 을유문화사 세계문학전집은 나를 문학의 길로 들어서게 했다. 전집 한 질을 사 주면 의대에 가겠다고 약속해 놓고 이 전집을 다 읽고 난 나는 결국 아버지를 배반하고 문학을 하기 위해 철학과를 선택했던 것이다.

무엇보다 이 책들은 가난했던 시절 유일한 내 자존심이기도 했다. 셋방살이를 할 때 이삿짐은 책이 전부였다. 집주인 아이들은 한껏 책 많음을 부러워했으며 우리 아이들은 은근히 으스대는 눈치였다. 우리 아이들이 셋방살이 하면서도 주눅 들지 않고 자랄 수 있게 해준 것이 이 책들이다. 비록 셋방살이를 할망정 이 책들이 가난한 내 자존심을 어설프게나마 지탱해 주었던 것이다. 그 책들을 '생오지' 서실의 책장에 꽂아 두고 앉아 새소리 바람 소리를 들으며 느긋하게 차 한 잔을 마시는 이 순간이 나는 오지게도 행복하다.

생오지에 와서

오랜 세월 먼 길 돌고 돌아
헐벗은 마음 여미고 나 여기 왔다
몇 해 만인가
이제야 귀천의 길 찾았구나
무등산 새끼발가락 언저리
깊고 푸른 품에 꼭 안겼으니
고단한 내 영혼 쉴 만한 곳 아닌가
나무들과 함께 깨어나고
풀잎 속에 은둔하듯 누워서
바람 부는 대로 흔들리다가
흔들리다가 잠들고 싶은 곳
이제 강물 타오를 때까지
유년의 나를 기다리겠네

욕심이 없으면 행복하다

생오지 사람들은 참새보다 일찍 일어난다. 동트기 전부터 경운기 소리가 골짜기를 쥐흔든다. 나도 다섯 시면 일어난다. 일찍 일어나다 보니 하루가 길고, 시간이 많다 보니 외로워지고, 외롭다 보니 사람을 그리워하게 마련이다. 내가 여기 와서 가깝게 지낸 분이 나보다 한 살 위인 김천석 씨다. 왜소한 키에 체중이 오십 킬로그램쯤 됨 직한 김씨는 몸피가 더 크고 우람한 부인과 언제나 진득찰처럼 찰싹 붙어 다닌다. 마을 갈 때도, 들에 나가거나 장에 갈 때도 쌍고라니처럼 앞서거니 뒤서거니 하면서 나란히 다닌다. 궂은 일, 좋은 일, 고통스러울 때나 슬플 때나, 행복할 때나 불행할 때나 이들은 결혼 후 잠시도 떨어져 본 적이 없다. 부부의 인연을 맺은 지 사십 년이 넘도록 한몸처럼 찐덥지게 살아왔다. 나는 이들 부부를 보면서 불균형의 조화야말로 진정 이 세상에서 가장 아름다운 모습이 아닌가 한다.

이들 부부는 마을 들머리에 있는 우리 집 앞을 지날 때마다 "교수님 기십니껴" 하고 낮은 목소리로 조심스럽게 인기척을 내고 쭈뼛쭈뼛 들어와서 이런저런 이야기를 허물없이 하고 간다. 그는 삼십여 년 전, 욕심껏 땅을 일구고 싶은 마음에 대처의 집을 팔아 생오지에 적지 않은 농토를 사서 귀향했다. 그러던 어느 해 낙상을 하여 허리를 크게 다쳤고, 병원비로 집이며 땅을 몽땅 팔아 버렸다. 네 남매 거느리고 한 마을에서 여섯 번이나 이사를 할 정도로 곤고한 삶을 살았다. 그는 최근에야 도시로 나간 효성스러운 자식들 도움으로 새 집을 짓고 누에가루를 만들어 근근이 살아가고 있다. 일 년에 누에 두 잠 키워 이백만 원 수입만 되어도 사는 데 걱정이 없겠다고 말하는 김씨 부부의 꿈은 소박하다. 얼굴에 궁핍의 비굴함이나 한 점 부끄러움의 그늘도 없이 해맑다. "모두덜 도와줘서 요로코롬 잘살고 있응께 그저 감사허지요." 김씨는 감사하는 마음으로 기도하기 위해 쨍쨍한 햇볕 속을 삼 킬로미터나 걸어 천주교 인암공소에 나간다.

"이런 시골에서는 돈이 많아도 쓸 디가 없어라우."

김씨는 늙도록 부부가 함께 걷는 것만으로도 행복하다면서 도라지꽃처럼 화사하게 웃는다.

"누에를 키와 본께, 한평생 누에 맹키로 살기도 어룹겠드만이라우. 살아서는 비단 맹글아 주제. 죽어서는 가루가 되야 사람 몸보신 시켜 주제. 누에가 예수님 같다는 생각이 들어라우."

인생의 마디마다 옹이가 박힌 그의 살아가는 이야기는 소설보다 더 재미있고 철학교과서보다 무게가 있다. 그는 학교라고는 문턱도 밟아 보지 않았지만 누구보다 삶의 도리를 알고 나름대로 인생을 깨달은 것처럼 보인다. 나는 척박한 땅에서 보기 좋게 굽은 조선 소나무 같은 그 앞에서 자꾸만 부끄러

노송, 전북 고창, 1992

워지고 겸허해진다. 내가 그를 김씨라고 부르지 않고 어르신이라 부르는 것은 그만한 까닭이 있어서다. 저마다 담배씨만한 희망을 품고 사는 생오지 사람들은 부의 기준을 아파트 평수로 따지지 않는다. 이들은 꿈이 작을수록 행복이 크다는 것을 안다. 이들이 생각하는 행복의 본질은 땅의 마음과 같은 것인지도 모른다. 이들은 작은 희망을 더 아름답고 소중하게 생각한다. 나도 이들과 함께 살면서 작은 희망 속에서 소담스럽게 꽃피우는 아름찬 행복을 배우고 싶다.

생오지 김천석 씨

金千石
천석군 부자되라고 할아버지가 지어 준 이름
평생 흙 파서 자식들 빈 배 채워 주고 나니
허물 같은 껍데기만 남았다.
"늙어서는 돈이 많아도 꺽정이라우
가진 것 없으니 욕심도 안 생겨 맘 편허당께요"
누에를 키우면서 해맑은 누에를 닮아 가는 사람
푸른 뽕잎 먹고 명주실 남기듯
참새같이 먹고 신선같이 살면서
욕심 많은 나를 가르친다
오늘도 김천석 씨는 늙은 아내 손잡고
바람 부는 대로 들길 따라 꽃구경 간다

생오지 노송의 죽음

최근 들어 나는 부쩍 소나무가 좋아지기 시작했다. 예전에는 육송과 해송을 구별할 수조차 없을 정도로 소나무에 대해 별로 관심이 없었다. 소나무에 남다른 관심을 갖게 된 것은 '생오지' 마을로 이사를 온 후부터다. 나는 몸통이 거무칙칙하고 푸석푸석한 리키다 소나무나, 잎이 굵고 매끈매끈한 해송보다는 붉고 단단한 조선 소나무가 좋다. '굽은 소나무가 선산을 지킨다'는 그런 소나무. 가지를 자르고 철사로 묶어 돌을 매달아 구부리고 비트는 등 사람의 뜻대로 키워 인위적인 아름다움을 드러낸 것보다는 사람의 손길이 닿지 않고 자연스럽게 자라서 천연의 운치와 멋스러움을 한껏 보여 주는 소나무. 나는 자동차를 타고 가다가도 논둑이나 밭모퉁이, 산자락 한갓진 곳에 외롭지만 의연한 모습으로 서 있는 소나무를 발견하면 차를 멈추고 한참 동안 바라보곤 한다. 한겨울 푸른 소나무에 눈 내리는 모습은 감동적인 한 편의 시보다 더 아름답다.

내가 생오지에 터를 잡은 것도 따지고 보면 한 그루 소나무 때문이었다. 생오지 어귀에는 오백 년쯤 되었음 직한 늙은 조선 소나무 한 그루가 서 있었다. 남농(南農)의 산수화에 그려진 소나무처럼 문기가 철철 넘쳐 보였다. 내가 이곳에 왔을 때까지만 해도 잎의 색깔이 푸름과 갈색으로 얼룩진 소나무는 그런대로 마을 정자에 넉넉한 그늘을 덮고 있었다. 그 소나무가 이듬해 봄 들어 푸른빛이 완전히 사라지기 시작했다. 잎은 짙은 갈색으로 변했고 몸통에는 곰팡이꽃이 덕지덕지 피기 시작했으며, 바람이 불 때마다 삭정이가 된 잔가지들이 툭툭 부러져 날렸다. 뒤늦게야 나무 박사를 불러 주사를 놓고 약제를 뿌려 살려 보려고 애를 써 봤지만 끝내 죽고 말았다. 태풍이 몰아치면 통째로 넘어져 사람이 다치지나 않을까 걱정이 되었다.

얼마 전 나는 생오지 늙은 소나무를 소재로 「황금소나무」라는 단편소설을 써서 발표했다. 이 소나무 때문에 고향을 떠나지 못하고 평생 생오지에 붙박이로 살고 있는 사람의 이야기다. 나는 이 마을 토박이 노인으로부터 소나무 때문에 차마 고향을 떠나지 못했다는 이야기를 듣고 잔잔한 감동을 받은 적이 있다. 돈이나 사람 때문도, 땅이나 집, 선산 때문이 아니라, 한 그루 오래된 소나무 때문에 고향을 떠나지 못했다는 그 마음이 바보스러울 정도로 무구하고 아름다웠다.

생오지 사람들은 죽은 소나무 앞을 지날 때마다 마음이 아프다. 자신들의 잘못으로 나무를 죽게 한 것만 같아 차마 머리 들고 쳐다보기조차 부끄러워한다. 그동안 자신들이 나무를 소홀히 하여 억만금을 주고도 살 수 없는 보배로운 나무를 죽게 했다는 자책감이 크다. 생오지를 떠나 서울에서 살고 있는 한 젊은이는 고향에 돌아와 죽은 소나무를 보고 한동안 울먹였다고 했다.

그는 어려서 이 소나무 앞을 지날 때마다 잠시 걸음을 멈추고 경건한 마음으로 머리를 숙이곤 했단다. 늙은 소나무에서 신령스러움을 느끼고 저절로 고개가 숙여졌다는 것이다. 어른들도 이 앞을 지날 때는 마음을 정갈하게 가다듬어 소원을 빌었다고 했다. 마을이 전소되었던 6·25 때도 살아남은 생오지 수호신. 이 소나무는 오랫동안 생오지 마을 사람들의 희망이었고 기도의 대상이었다. 그런 소나무가 죽었으니 얼마나 허전하겠는가.

마을 사람들은 한동안 소나무가 죽은 이유를 따졌다. 삼 년 전 소나무 밑둥에 시멘트 도로포장을 한 것이 원인이라는 주장이 있는가 하면 태풍으로 큰 가지가 부러져 상처가 났는데 그 상처에 눈비가 스며들어 통째로 썩게 되었다고도 했다. 어떤 사람은 모두 고향을 떠나버리고 마을 운이 다했기에 소나무 스스로 죽음을 택하게 되었다고 했다. 한 농부는 FTA 이야기가 나오면서부터 시난고난 하다가 체결이 되자 죽어 버렸다고 했다. 농촌의 피폐함을 소나무가 자신의 죽음을 통해 보여주었다는 것이다. 나는 이 모든 것이 소나무의 죽은 이유가 된다고 생각한다.

마을 사람들은 다시 죽은 소나무를 어떻게 처치할 것인지를 놓고 논의했다. 위험하니 잘라 없애자는 측과 나무는 죽어서도 나무이니 그대로 두자는 의견으로 갈라졌다. 내 생각에도 이대로 두었다가는 태풍에 넘어져 정자 지붕을 덮칠 수 있고 행인들이 다칠 수도 있을 것 같다. 그렇다고 흔적조차 없이 잘라 없애는 것은 너무도 아쉽다. 그래서 나는 이장에게 소나무를 자르되 천하대장군과 지하대장군 장승으로 깎아서 그 자리에 세워 두는 것이 좋을 성싶다고 했다.

지난 주 죽은 소나무 때문에 부면장을 비롯하여 면 직원들이 생오지에 왔다. 자르는 것으로 결론이 났다. 워낙 큰 나무라서 자르는 일도 쉽지가 않을 것이라고 한다. 적당한 날을 받아서 크레인과 사다리차·포크레인·전기톱 등 중장비를 동원하여 우듬지부터 잘라 내려오기로 했다. 물론 간단한 제도 올리기로 했다.

나는 지금 앞으로 볼 날이 얼마 남지 않은 죽은 소나무를 한 번이라도 더 보기 위해 우리 집 창문 가까이 다가간다. 느티나무의 푸른 잎에 가려서 소나무가 잘 보이지 않는다. 자세히 보기 위해 뒤뜰로 나간다. 죽은 소나무의 짙은 갈색과 살아 있는 느티나무의 푸름이 어울려 보인다. 삶과 죽음은 다만 빛깔의 차이일지도 모른다는 생각이 든다.

소나무는 역시 죽어서도 의연함을 잃지 않고 늠연한 모습으로 그 자리에 서 있다. 예수님이나 부처님 같기도 하고 공자님, 노자와 장자 같기도 하다. 비록 푸름은 옴씰하게 잃었지만 원초적 영기(靈氣)는 더 무겁게 느껴진다. 그림으로 그려진 아우라를 보는 듯 내 마음이 사뭇 경건해진다. 오백 년이라는 긴 시간의 축적은 추함과 아름다움을 초월하여 엄숙하게 나를 압도한다. 이 나무가 베어지고 나면 나는 오랫동안 슬프고 허전할 것이다. 어쩌면 사랑하는 사람보다 더 그리울지도 모르겠다.

생오지 노송

생오지 마을 오목가슴 언저리에
죽은 소나무 한 그루

오래전부터 녹슨 쇠스랑처럼 서 있다
오백 년을 촛불처럼 푸르게
푸르게만 사느라 지쳤는가
곰팡이꽃 핀 몸으로 푸른 하늘 떠안은 채
바람 불어도 끄떡하지 않는구나
죽어서도 흔들리지 않은 나무
청청한 마음 곧기도 해라
갈색 잎 달빛에 흥건히 젖으니
비로소 황금빛으로 춤춘다
오백 살 된 할아버지가
옴족옴족 춤춘다

생오지 가는 길

내 우거(寓居)가 있는 '생오지'로 가는 길을 따라 달리다 보면 바람에 스쳐 지나가는 시간의 흐름이 명징하게 눈에 보이는 것만 같다. 하루하루 빛깔이 변화해 가는 자연을 보면서 세월의 간극을 생각하게 된다. 고서에서 광주댐을 거쳐 소쇄원을 지나고 유둔재를 넘어 무등산 뒷자락 끝에 자리 잡은 '생오지'로 가는 길은 사계절의 변화가 손에 잡힐 듯이 뚜렷하다. 얼마 전까지만 해도 고서에서 광주댐에 이르는 도로변 메타세콰이어의 바늘 같은 가로수 잎이 쇠털 색으로 물들어, 저 색으로 스웨터를 짜 입으면 참 따듯하겠구나 하고 생각했었는데, 어느덧 서리가 내린 후부터 낙엽이 되어 불불 날리기 시작했다. 봄부터 늦가을까지 우리의 마음을 푸르고 따뜻하게 해주었던 메타세콰이어도 이제 미련 없이 잎을 떨어뜨리고 긴 겨울 앙상한 모습으로 설한풍에 시달리게 될 것을 생각하니 마음이 오싹 움츠려 든다.

우리 인생에도 사계절이 있다. 봄이 청소년기라면 여름은 청년기이고 가을은 중·장년기에 해당되며 겨울은 노년기이다. 계절은 각기 저마다의 색깔

생오지 가는 길가의 들판, 전남 담양, 2008

과 눈부신 아름다움과 함께 인간에게 삶의 진정성을 가르치고 있는 것 같다. 청소년기에는 호기심의 대상인 세상에 대해 무엇이든 다 알고 싶었고, 청년기에는 두려움 없는 용기로 무엇에든 도전으로 하고 싶었으며, 중·장년기에는 현실의 한가운데서 성공이라는 인생목적지를 향해 줄달음쳤고, 노년기에는 비로소 숨을 고르고 자신이 달려온 길을 되돌아보게 마련이다.

인생의 겨울에 진입하고 있는 나는 과거와 미래 사이에 머물러 있는 것 같다. 어쩐지 삶이 삭막하고 쓸쓸하게 느껴져 추사의 〈세한도〉를 보는 기분이다. 내 마음이 앙상한 나목처럼 깡말라 찬바람이 쌩쌩 부는 것만 같다. 그러나 〈세한도〉는 결코 겨울이 인생의 끝이 아니라 다시 올 봄을 예고하고 있지 않은가. 쓸쓸하고 적막한 고통의 시간을 견디고 나면 따뜻한 생명의 계절이 다시 온다는 것을 암시하고 있다.

정년을 맞아, 화려한 유채색의 공간에서 한갓진 무채색의 고향으로 돌아온 지금, 나는 과거와 미래를 동시에 바라보고 싶다. 시간의 무덤이라고 할 수 있는 과거에 매몰되는 것을 경계하기 위해서다. 겨울이 가면 봄이 오듯 내 인생에도 다시 봄이 오리라고는 믿지 않는다. 그러나 지금 겨울을 맞고 있는 내 인생에도 사계절이 함께 하고 있다고 믿고 싶다. 아직 내게는 미지의 세계에 대한 호기심으로 충만해 있으며, 죽음을 각오할 만한 도전정신과 삶의 목표를 향해 더 달리고 싶은 욕망이 남아 있다. 인생의 계절은 결코 소멸되는 것이 아니라 다만 잠재의 밑바닥으로 가라앉을 뿐이라는 것을 나는 알고 있다.

나이가 들어 시간의 흐름이 너무도 빠른 것을 절감하면서부터 '오늘 하루가 당신 인생의 최초의 날, 최후의 날로 알고 살라' 하는 말을 되새기게 된다. 이와 비슷한 의미로 '일 년의 마감을 인생의 마감으로 알고 살라'는 말도 있다. 오늘 하루가 최초의 날이라고 생각한다면 처음 본 이 세상이 얼마나 신비롭고 아름답겠는가. 오늘이 마지막 날이라고 한다면 지나온 삶이 얼마나 허무하고 아쉽겠는가. 그리고 일 년을 인생의 마지막으로 알고 산다면 일 년이 얼마나 소중하고 값진 시간이겠는가.

일 년은 작게 보면 시간의 매듭이며, 크게는 삶의 과정과 같다. 삶의 과정을 보다 충실하게 하기 위해 시간을 쪼개 놓은 것이다. 이것은 지나간 삶을 되돌아보고 스스로 자성하여 새로운 내일을 보다 확실하게 바라보기 위해서이다. 우리는 과거라는 시간의 거울을 통해 미래를 볼 수 있기 때문이다. 과거 속에 미래가 있다. 그러기에 일 년의 마지막은 새로운 시작인 것이다. 희망의 뿌리가 절망에 있는 것처럼 시작의 뿌리는 언제나 마지막에 있다. 한해를 보내는 지금은 일 년 동안 자신의 마음속에 어둡게 드리워진 내면의 그림자부터 말끔하게 걷어내야 한다. 그래야 보다 빛나는 내일의 태양을 바라볼 수 있다.

한 해를 보내며 「생오지 가는 길」을 시로 썼다.

생오지 가는 길

버스도 오지 않는
휴대폰 통화권 이탈지역
허공에 뜬 별산 바라보며

조붓한 골짜기 들어서면
꽃잎 같은 세상
흙먼지마저 향기롭다

대밭 모퉁이 돌아
전설에 묻힌 쌍룡소 휘어들면
소쿠리 속에 오롯이 감춰진
꽃동네 생오지

들꽃 같은 사람들이 모여 사는
그곳에 가면 누구나
흙이 되고
꽃이 되고
시인이 된다

생오지의 새벽

생오지로 이사를 온 후부터 나는 완전히 생활 패턴이 바뀌었다. 도시에서 살 때는 밤마다 한 시가 넘어서야 잠자리에 들어, 해가 벌겋게 떠오르도록 늦잠을 퍼 자고도 늘 피곤해서 빌빌거렸다. 그런데 생오지로 와서부터는 늦어도 열한 시면 잠을 자고 새벽 다섯 시면 어김없이 일어난다. 헛된 꿈을 꾸지 않아서 그런지 기분도 상쾌하다. 우리 마을은 저녁 여덟 시만 되면 세상이 깜깜해 적막강산이 된다. 초저녁인데도 집집마다 불을 끄고 잠자리에 든다. 너무 고단해서 인기 있다는 텔레비전 드라마도 못 보고 잔다. 일찍 자니 일찍 일어날 수밖에. 산골마을은 새벽 다섯 시면 하루의 일과가 시작된다.

우리 마을에서 가장 먼저 일어나는 사람은 자식들 모두 도시로 보내고 홀로 살고 있는 팔십칠 세의 청국장 할머니다. 나는, 우리 마을에서 청국장을 가장 맛있게 띄운다고 해서 청국장 할머니라고 부른다. 새벽이면 금낭화 꽃밭 사이 길로 허리 굽은 청국장 할머니가 유모차를 밀고 안개처럼 흐물흐물 지나가는 모습을 자주 본다. 못자리 논물을 보러 가는 길이리라. 열일곱 살에 시집와서 한 번도 외지로 나가지 않고 칠십 년 동안 이 마을에서만 붙박이로 살고 있는 청국장 할머니. 한평생 생오지의 척박한 흙과 함께 살아오면서도, 어김없이 새벽 다섯 시면 일어나 들로 나가는 것이 습관처럼 몸에 배었다고 한다. 하루라도 늦게 일어나면 온몸이 쑤시고 뼈마디가 결린다고 했다. 허리가 휘어 유모차에 의지하지 않으면 걸을 수 없는 나이인데도 할머니의 인생은 날마다 새벽이다.

새벽 다섯 시면 새소리며 닭소리, 경운기 소리 등으로 골짜기 마을이 온통 시끌벅적해진다. 요즘은 못자리철이라 농촌의 새벽은 여느 때보다 더 부산하다. 나는 오늘도 새벽 다섯 시에 일어나 마당으로 나갔다. 안개가 초록빛 세상을 부옇게 덮어버렸다. 마당 귀퉁이 파릇파릇 잎이 돋아난 감나무 이파리가 온통 안개에 휘감겨 있다. 나는 심호흡을 하며 습윤하고 상큼한 새벽 공기를 들이마신다. 아침 공기가 향기롭다 못해 달다. 안개가 스멀거리는 마당에 까투리가 여남은 마리의 새끼 꺼병이(꿩 병아리)들을 몰고 뽕뽕거리며 지나가고 있다. 어제 아침에는 고라니가 느럭느럭 걸어가는 것을 보기도 했다. 나는 꿩이 놀라지 않게 조심조심 발자국 소리를 줄이고 집 안을 한 바퀴 돌며 날이 밝기를 기다린다.

희끔하게 동이 트여 오자, 나는 마당에 쪼그리고 앉아 풀을 뽑는다. 하루의 일과가 시작된 것이다. 어느덧 내 나이 황혼기에 접어들었지만, 나도 청국장 할머니처럼 새벽부터 하루를 시작할 수 있어 다행스럽게 생각한다. 새벽에 하루를 시작하는 것은 어떤 일이거나 남들보다 먼저 시작하고 늘 여유로운 기분이어서 좋다. 남들보다 더 많은 시간의 하루를 사는 것 같아 마음이 넉넉해지기 때문이다. 인생의 새벽은 빛나는 시작이 있기에 신선하고 에너지가 넘친다. 새벽 인생은 꿈이 있기에, 비록 현실이 고단할지라도 절망하지 않는다. 어쩌면 시골 사람들은 모두 새벽형 인간의 삶을 살기에 무병장수하는 것인지도 모르겠다.

생오지의 새벽

끈이 긴 두레박으로 막 퍼 올린
샘물 같은 시간
너무나 맑고 적막해서
소리 지르고 싶다

내가 이 시간에 일어나는 이유는
하루를 일찍 시작하고 싶어서가 아니라
더럽혀지고 오만해진 나를
새벽안개로 칼칼이 씻어
오만해진 나를
무릎 꿇리기 위해서다

새벽 풍경, 전북 임실, 1990

고향은 마음의 텃밭

왜 남자들은 고향으로 돌아가기를 원하는가. 수구초심이라고 했던가. 고향을 떠나 성공한 사람은 금의환향을 생각하고, 실패한 사람은 고향에 돌아가 지친 삶을 위로받고 싶은 것일까. 특히 남자들은 나이가 들수록 고향으로 돌아가고 싶은 마음이 간절한 것 같다. 남자는 여자보다 귀소본능이 더 강한 것일까. 어쩌면 모든 동물은 연어처럼 태어난 곳으로 되돌아가고자 하는 회귀본능의 DNA가 몸속에 들어 있는 것인지도 모른다.

생오지 우리 집에 놀러 온 사람들은 한결같이 자기도 고향에 돌아가 인생의 끝자락을 자연과 함께 보내고 싶다면서 나를 부러워한다. 대부분 그들은 아내의 반대 때문에 뜻을 이루지 못하고 있음을 탄식한다. 대부분의 여자들은 남편의 고향으로 돌아가는 것을 원치 않은 것 같다. 왜 그럴까. 고초당초보다 맵다는 시집살이 상혼 때문일까. 아니면 도시 아파트 생활의 편리함에 익숙해진 탓일까.

지금 도시에 살고 있는 사람들 중 대부분은 고향을 떠나온 시골 출신들이다. 우리 고향 마을만 해도 6·25 무렵에 칠십 호가 넘었는데 지금은 이십 호도 되지 않는다. 나머지는 모두 고향을 떠나 뿔뿔이 흩어져 버렸다. 이들은 모두 민들레 꽃씨처럼 바람에 날려 어딘가 낯선 땅에 머물고 있으리라. 내 경우, 고향을 떠난 사람들 중에서 아직까지 단 한 번도 만나지 못한 사람이 절반도 넘는다. 한 번 고향을 떠난 사람이 다시 돌아온 경우는 극히 드물다.

옛날에는 고향을 떠나는 것을 수치로 알았다. 노름으로 가산을 탕진하여 밤 봇짐을 싸거나, 폐륜이나 불미스러운 일로 멍석몰이를 당하고 축출된 경우 말고는 좀처럼 고향을 떠나지 않았다. 누대에 걸쳐 한곳에 오랫동안 뿌리 박고 사는 것을 가문의 영광과 자랑스러운 미덕으로 알았다. 그런데 산업사회 영향으로 많은 사람들이 일자리를 찾아 도시를 떠났다. 지금까지 고향에 남아 있는 사람들은 바보 취급을 받기 일쑤였다. 그런데 고향에 돌아와 보니, 평생 고향을 떠나지 못한 사람들에게서 사람의 참모습을 발견하게 되었다. 비록 가난하지만 고향을 지키고 있는 사람들의 마음이야말로 흙처럼 순박하고 세파에 오염되지 않은 순수한 본성을 갖고 있음을 알았다.

고향에는 유년의 추억들이 켜켜이 쌓여 있다. 여름이면 멱을 감던 냇가며 둑길, 늙은 당산나무, 고샅마다에 무채색 꿈 같은 아련한 이야기와 그리움이 스며 있다. 어쩌면 고향에 돌아가는 것은 연둣빛 유년의 시절로 회귀하고자 하는 간절함 때문이 아닌가 한다. 사람은 누구나 순수한 동심의 세계를 꿈꾸게 마련이다. 고향을 떠난 후 오랜 세월 온갖 세파에 시달리고 발버둥 치며 사는 동안에 덕지덕지 달라붙은 욕망과 이기주의의 더께를 벗어버리고, 새벽의 샘물처럼 깨끗한 동심으로 돌아가고 싶어 하는 것은 인간의 마지막 소

경북 영주, 1994

망일지도 모른다.

　고향은 순결한 마음의 텃밭과 같다. 고향은 누구라도 돌아와서 그 텃밭을 일구고 씨를 뿌려 아름다운 꽃이 피고, 풍성한 열매가 열리기를 기다리고 있다. 고향은 단순히 태어나고 자란 태생적 공간만은 아니다. 고향은 바로 인간 존재를 일깨우는 나의 설 자리이다. 현대인들은 모두가 고향을 상실했다고 한다. 고향을 잃어버린 것은 인간 상실을 의미하고 고향을 찾자는 것은 인간성 회복을 뜻한다. 돌아갈 고향이 있다는 것은 얼마나 행복한 일인가. 고향을 간직하고 고향을 그리워하는 사람들은 아름답다. 이제라도 다시 태어나는 동심으로 고향을 찾아가 보자. 반기는 사람이 없어도 마음의 평화가 포근하게 감싸 주리라. 넉넉한 바람과 늙은 당산나무와 정갈한 냇물과 오래된 돌담이 변함없이 우리를 맞아 주리라.

'소리 풍경'의 세상

공간 속의 공간을 생각한다. 삶의 무대는 무한하나, 존재의 뿌리를 내린 공간은 유한하다. 공간은 넓고 좁은 것에 가치를 두지 않는다. 특히 문학적 공간은 좁을수록 아름답다.

나는 태어나서 지금까지, 해발 1,187미터의 무등산만을 바라보며 살고 있다. 유년 시절 궁벽진 산골마을에서, 무등산 뒤꼭지를 바라보며 산 너머 세상을 동경하고 살다가, 6·25를 만나 총알 사이를 뚫고 광주로 나왔다. 산골에서 살 때는 남쪽에서 북쪽의 무등산을 바라보았고, 광주로 나가 살 때는 북쪽에서 남쪽의 무등산을 바라보았다. 무등산의 앞과 뒤에서 늘 보이지 않은 다른 한쪽을 동경했다.

광주에 나와서야 비로소 산은 인간과 달리 앞뒤가 없다는 것을 알았다. 앞뒤가 다르지 않은 것은 영원불멸의 존재뿐인지도 모른다. 그러나 불과 육십리 거리밖에 떨어지지 않은 무등산의 이쪽과 저쪽 세상의 차이는 실로 엄청났다. 이쪽이 욕망과 경쟁과 변화를 추구하는 세상이라면 저쪽은 정체와 무

강원 가리왕산, 2005

욕, 소외와 궁핍의 땅이었다. 이쪽 사람들은 욕망을 채우기 위해 치열한 경쟁 속에서 숨 가쁘게 살았고, 저쪽 사람들은 변화보다는 옛것을 소중하게 생각하며 느리게 살았다.

내가 오랜만에 고향으로 다시 돌아온 이유는 내 소설의 인물들 삶 속으로 깊숙이 들어가기 위해서이다. 나는 경쟁과 변화 속에서 빠르게 사는 것만이 미래지향적이고, 정체와 소외와 궁핍 속에서 느리게 사는 것은 과거 지향적이며 퇴영적이라고는 생각하지 않는다. 오히려 느리고 낡은 것 속에서 아름답고 새로운 삶의 진정한 가치를 찾을 수 있다고 믿는다. 작가는 오른발은 현실을, 왼발은 이상을 딛고 서야 한다고 생각한다. 현실과 이상, 과거와 미래를 동시에 딛고 서야 삶의 진정성을 볼 수 있기 때문이다.

고향에 돌아온 나는 요즘 자연의 소리 공간에 깊은 관심을 갖기 시작했다. 우리는 산업사회를 거치면서 눈에 보이는 풍경, 즉 '랜드스케이프'에만 신경을 썼지, '소리 풍경'(사운드 스케이프)에는 무관심해 왔다. 인간이 가장 아름답게 살 수 있는 환경은 칠십 퍼센트 정도 자연의 소리가 보존되고 있는 공간이라고 한다. 지금 도시는 기계음에 밀려 '사운드 스케이프' 공간이 삼십 퍼센트로 줄어들었다.

내가 살고 있는 '생오지'는 아직 오염되지 않은 소리 풍경의 세상이다. 지금 나는 '소리 풍경'의 공간을 소설로 형상화하는 작업을 하고 있다.

생오지에 오면

꽃 피는 날 생오지에 오면

그대 하루가 향기롭고
비 오는 날 생오지에 오면
그대 세상 정갈해지고
햇살 쨍쨍한 날 생오지에 오면
그대 그리움 더욱 목마르고
바람 부는 날 생오지에 오면
그대 삶의 무게 가벼워지고
눈 오는 날 생오지에 오면
그대 영혼이 가지런해진다

내 안의 작은 천국

시골로 들어온 나는 집 앞에 서너 평 되는 텃밭을 일구어 고추 열 주와 가지 두 주를 모종하고 오이 한 구덩이, 들깨 한 주, 상추 여남은 포기를 심었다. 농약 한 방울 치지 않았는데도 고추와 가지·오이가 주렁주렁 열리고 들깨며 상추가 탐스럽게 자랐다. 우리 식구 먹고도 남아 도시에 사는 친척들한테까지 나눠 줄 정도다. 어디 이뿐인가. 밭둑에는 돌나물·머위 등이, 뒷산에는 취며 고사리가 지천으로 널려 있어 완전 무공해 산채를 마음껏 먹을 수가 있다. 또 집 앞 개울에서 대사리며 미꾸라지·피라미 등 민물고기를 잡아서 탕을 끓여 먹기도 한다. 자연이 주는 풍성하고 깨끗한 먹을거리로 늘 부족함이 없으니 다른 욕심을 품지 않아도 된다. 비로소 세속의 헛된 욕심이 부질없음을 깨닫고, 이 모든 것이 하늘이 내게 준 특별한 선물이라 생각하며 감사할 뿐이다.

나는 오늘도 아침 여섯 시에 일어나 아내와 함께 안개가 자욱한 마을 뒷길로 산책을 했다. 허물을 벗듯 골짜기에 안개가 걷히고 속살을 드러낸 대지에

전북 임실, 1997

햇살이 퍼지자 산자락에 타오른 단풍 빛깔이 눈부시도록 화사하다. 연꽃 모양의 마을 한가운데 하얀 지붕의 우리 집이 씨방처럼 자리 잡고 있다.

"여기 온 후로 하루하루가 왜 이리도 빨리 가는지 모르겠어요."

아내가 해맑은 미소와 함께 골짜기를 내려다보며 말했다.

"시간이 아쉽게 느껴지는 건 우리가 행복하다는 증거겠지. "

내 말에 아내가 커다랗게 고개를 끄덕였다. 정년을 하면 서울에 사는 자식들 옆으로 가겠다면서 한사코 귀향을 반대했던 아내였다. 나는 그런 아내가 시골 생활에 차츰 익숙해지고 만족해 하는 것을 보는 것만으로도 행복하다. 그러는 나는 순간순간 하느님을 느낀다. 오랜만에 돌아온 고향이 하느님의 품속처럼 포근하고 평화롭다.

산책에서 돌아와 나는 원고를 쓰고 아내는 고추를 따고 있다. 나는 원고를 쓰다 말고 창밖으로 아내를 바라보면서 "하느님 감사합니다. 죽는 날까지 이 행복 이대로 누리게 해 주십시오"하고 화살기도를 올렸다. 고추를 따던 아내가 나를 향해 꽃처럼 웃으며 손을 흔들어 보인다. 아내의 모습이 늦가을에 핀 노란 수국꽃 같다.

수국처럼 늙어 가는 아내의 모습을 보면서 부부의 인연에 대해 생각했다.

인연

무엇이 우리를 맺어 주고 있나요
전생 어느 낯선 모퉁이에서
우리 단 한 번이라도

스쳐 지나간 적 있나요

윤회의 뜨락 서성이다가

눈빛이라도 마주친 적 있나요

이슬과 햇살이 만나 꽃을 피우고

하늘과 땅 사이

 두 줄기 강물 되어

흐르다가 멈추었나요

유성처럼 끝도 없이 떠돌다가

구름 딛고 떠내려 왔나요

피안의 깊은 골짜기

억겁을 돌고 돌아

먹구름으로 맴돌다가

비바람 되어 내려왔나요

어느새 날이 저물었는데

이제 우리 어떻게 할까요

그대와 내가 꽃과 구름으로 만났다면

그대 아침에 이슬로 맺힐 수 있겠지요

이 세상 떠나는 마지막 그날

나란히 손잡고 두려움 없이

이승의 강 건널 수 있겠지요

어둠 속의 평화

생오지로 나를 찾아온 친구가 시골에 살면서 가장 불편한 게 무엇이냐고 물었다. 나는 밤이 되면 너무 깜깜해서 '어둠의 감옥'에 갇힌 기분이라고 말했다. 사실 시골에는 가로등이 별로 없어, 해가 지고 나면 금방 칠흑 같은 어둠의 세상이 된다. 너무 어두워서 이웃집에 마을 가기조차 쉽지가 않다. 밖에 나가려면 반듯이 손전등을 챙겨야만 하는 불편함이 따르게 된다.

도시는 아무리 변두리라고 해도 가로등과 상점의 불빛으로 대낮처럼 밝아, 밤이 되어도 활동하는데 불편함이 없지만, 시골은 밤새내 집 안에 들어박혀 지내야만 한다. 그 때문에 시골 사람들은 일찍 잠자리에 들게 마련이다. 고된 농사일 때문에 일찍 자는 것이 몸에 좋기는 하겠지만 공동체 밤의 문화가 없어 안타깝다.

나는 시골로 이사 오자마자 마을 초입에 자리 잡은 우리 집 앞 삼거리에 가로등부터 설치했다. 면에서 원래 이곳에 가로등을 설치하려고 했으나 논 주인이 불빛 때문에 곡식이 잘 자라지 않는다면서, 전주 세우는 것을 반대했었다고 한다. 결국 나는 그 논을 사서 매실나무를 심고 가로등부터 설치했다. 나들이 나갔다가 밤늦게 돌아오면 집 앞이 훤해서 마음이 한결 놓인다.

여름이 되면서부터 시골의 밤은 더욱 깜깜하다. 가로등 불빛으로 곡식 생육이 잘되지 않는다는 이유로 가로등을 많이 꺼 놓았기 때문이다. 처음에 나는 어둠의 불편함보다 곡식의 생육을 더 걱정하는 농민들을 이해할 수 없었다. 그러나 차츰 생각이 바뀌지기 시작했다. 농민들에게는 곡식의 생육이 중요하다는 것을 알았기 때문이다. 벼꽃 필 무렵 태풍이 불어오면 잠을 못 이루며 애태우는 농민들을 보았다. 이들에게 어둠의 불편쯤이야 아무것도 아닌 것이다. 농사에는 광합성 작용을 위해 햇빛도 중요하지만 어둠 또한 필요하다는 것을 나는 알았다. 이 엄숙한 자연의 섭리를, 한갓 불편함 때문에 부정할 수는 없지 않겠는가.

나는 땅에 대한 농민들의 강한 애착을 알게 되면서, 논을 없애고 잔디와 매실을 심은 것을 부끄러워하게 되었다. 농민들이 진정으로 생각하는 땅은, 사람들 보기 좋게 치장하듯 다듬고 가꾸는 것이 아니라, 생명의 원천인 밥을 만들어 내는 것이 우선이어야 한다는 것을 뒤늦게 깨닫게 된 것이다.

"하이고 저, 아까운 땅에 씨잘데기 없는 잔디를 심고 나무를 심다니…."

평생 농사만 짓고 살아온 우리 마을 청국장 할머니는 우리 집 앞을 지나면서 혀끝을 차고, 나는 그때마다 얼굴이 화끈거린다. 나는 진정 땅을 사랑하는 농사꾼들한테 용서를 빌고 싶다.

"할머니, 소나무를 심으면 일 년에 만 원어치씩 큰답니다. 나무를 심는 것이 농사짓는 것보다 수익이 낫다니까요."

전남 신안, 2005

옆에서 누구인가 그렇게 말할라치면

"그래도 논밭에는 곡식을 심고 나무는 산에 심어야 혀. 그것이 농사짓는 사람이여."

청국장 할머니의 말에, 나는 문득 우리 어머니를 생각했다. 도시에 사는 구십오 세 우리 어머니는 지금도 비가 많이 오거나 적게 오거나, 바람만 불어도 농사 걱정을 하신다. 젊어서 농사꾼으로 살아오신 어머니는 몇 년 전 우리가 도시에 살 때, 화분의 꽃을 모두 뽑아 버리고 가지 모종을 하신 분이다.

"꽃은 들에 가면 얼매든지 많은께, 여그다가 가지를 심어서 따 묵으면 얼매나 맛나 겄냐."

그때 어머니의 말씀이 내 머릿속에 맴돌고 있다.

나는 이제 시골의 어둠쯤 얼마든지 참을 수 있다. 충전용 손전등이 있으니 그렇게 불편한 것 같지도 않다. 지금 누구인가 내게 시골살이하면서 가장 불편한 것이 무엇이냐고 묻는다면, 도시 사람들이 들락거리면서 쓰레기를 버리고 가는 것을 치우는 일이라고 말하고 싶다. 시골 사람들에게 어둠은 휴식이고 평화인지도 모르겠다. 우리 마을의 밤이 도시처럼 불빛으로 휘황찬란해진다면 나는 더 이상 이곳에서 살 수 없을 것 같다.

나는 반딧불이가 날아다니는 밤, 평상에 누워 머릿속에 시 한 편을 써 넣었다.

생오지에 누워

이 서슬 퍼런 고요

여기가 적멸보궁인가
나는 숲 속에 누워
떡갈나무잎 타고
구름 위로 날아올랐다
무지개 궁륭 속 헤매며
윤회를 꿈꾸다
한줄기 바람 되어
생오지에 사뿐히 내려와
늙은 소나무와 동침했다

유년 시절의 소풍길

생오지에서 걸어서 이십 분 거리에 화순적벽이 있다. 내 초등학교 학생 시절, 봄과 가을 소풍 코스는 매년 같은 장소였다. 궁벽진 산골 학교라서 인근에 구경거리가 별로 없었기 때문이었을 것이다. 우리들의 소풍 코스는 화순이서에 있는 물염적벽과 보산리의 화순적벽으로 정해져 있었다. 저학년은 학교에서 사 킬로미터쯤 떨어진 물염적벽이었고, 사학년 이상은 육 킬로미터 남짓 거리의 화순적벽이었다. 자동차가 귀한 시절이라 어린 학생들이 걸어서 소풍을 가는 길은 그리 만만치가 않았다. 그런데도 소풍가는 길은 마냥 즐겁기만 했다. 고작 주먹밥 한 덩이씩을 싸 들고 교가를 부르며 줄지어 가는 소풍길이지만 운동회와 함께 가장 신나는 일이었다. 주전부리할 것이라고는 볶은 콩과 삶은 감자가 전부였다.

오학년 때 6·25를 만난 나는 물염적벽을 여섯 차례, 보산리 화순적벽에는 두 번 소풍을 갔다. 사학년 때 화순적벽을 처음 본 순간 아름다운 정경에 나는 목청껏 탄성을 내질렀다. 넓고 푸른 강물과 병풍을 둘러친 것처럼 하늘

개천사 가는 길, 전남 화순, 1999

닿게 깎아지른 바위며, 강변의 오래된 정자나무들과 흐드러진 벚꽃들이 한데 어우러져 장관을 이루었다. 나는 꿈을 꾸고 있는 것 같았다. 우리는 몇 명이 에둘러 팔을 펴고 안아도 안을 수 없을 만큼 큰 정자나무 밑에 오불오불 앉아서 점심을 까먹은 다음 배를 탔다. 긴 대나무 장대로 강바닥을 짚어 가며 판자로 만든 쪽배를 타고 노래를 부르며 적벽 밑으로 한 바퀴 돌았다. 턱끝을 바짝 쳐들고 뒷목이 땡기도록 깎아지른 듯한 바위를 올려다보았다. 하늘에 닿은 듯 바위 끝은 보이지 않았다. 쪽배 위에서 적벽을 쳐다보며 목청껏 소리를 지르면 메아리가 물속에 곤두박질치는 것처럼 되돌아오곤 했다. 강을 한 바퀴 돌고 나서는 적벽의 가파른 바위 길을 타고 한산사(寒山寺)까지 기어 올라가 부처님을 뵙고 약수를 한 바가지씩 들이켰다. 한산사 주변에는 가문동굴과 폭포가 있었다.

그 무렵 교통이 좋지 않았는데도 전국 각지에서 많은 사람들이 화순적벽 구경을 왔었다. 구암 탄광까지 기차를 타고 와서 보산리까지 걸어야만 했다. 그런데도 화순적벽에 가 보지 않은 사람이 없을 정도였다. 이곳에서 뱃놀이도 즐겼고 모래찜도 했다. 특히 매년 사월 초파일과 추석날 밤의 낙화놀이는 유명했으며, 이를 보기 위해 많은 사람들이 이곳을 찾았다. 낙화놀이는 여남은 명의 장정들이 지게에 꽃불을 피울 불쏘시개를 지고, 바위 틈새로 난 바윗길을 타고 꼭대기까지 올라가 불덩이를 강물로 던진다. 검은 하늘에서 꽃불이 빙글빙글 돌며 날리다가 강물에 잠기는 모습이 너무 신비롭고 아름답다. 꽃불이 강물에 떨어지는 순간 수면이 벌겋게 물들어 불바다를 이룬다. 이 때 강변 모래밭에서는 징·꽹과리·장구·북이 울리고 구경하던 사람들이 환호하며 덩실덩실 춤을 춘다.

하늘이 우리 지역에 내려 준 천혜의 보물 화순적벽이 사라졌으니 얼마나 안타까운 일인가. 이것은 하늘에 대한 거역이며 천혜의 보물을 스스로 버린 것이나 다름없다. 1972년 광주시민의 식수를 해결하기 위해 동복댐이 들어서면서 적벽이 물에 잠겨 버린 것이다. 예로부터 다산 정약용을 비롯 최산두·임억령 등이 이곳에 와서 빼어난 절경을 상찬했고, 수많은 시인 묵객들이 찾아와 글을 남겼다. 물에 잠기기 전의 화순적벽은 단양의 도담삼봉에 비길 바가 아니었다. 이곳에 댐을 막지 않고 그대로 보존되었다면 엄청난 관광상품이 되었을 것이다. 이 때문에 얼마 전부터 화순적벽을 되살려야 한다는 소리가 높아져 가고 있는 것이다. 이는 비단 화순 이서 사람들만의 소망이 아니다.

오랜만에 야사 가는 고갯마루에 올라 물에 잠긴 적벽을 먼발치로 바라보았다. 그날 산에서 내려와 시를 썼다.

생오지 산에서

흐린 날 홀로 산에 오르다
구름에 발목 감겨
길을 잃었다
미혹의 시간
숲 속을 헤매다
춤추는 신선나비 따라

산을 내려왔다
숲길 고갯길 비탈길 오솔길
모든 길은 떠나기 위한
통로가 아니라
생오지로 돌아오는 회로였다

안양산 휴양림 가는 길

세상에는 너무 아름다워서 슬픈 것들이 있다. 꽃도 그렇다. 봄의 중심을 화려하게 빛냈던 꽃은 진정 아름다웠지만 바람에 시달리다가 시나브로 지는 것을 보니 너무 슬프다. 땅에 떨어져 비를 맞거나 발에 짓밟히는 낙화는 그 모습이 처연하다 못해 애잔하기까지 하다. 시골로 내려온 나는 올 봄에 눈이 시리도록 아름다운 꽃들을 많이 보았다. 아니, 꽃에 파묻혀 살았다. 화순에서 안양산 휴양림으로 넘어오는 철쭉꽃은 봄의 정점에서 참으로 장관을 이루었다. 하느님이 준 최고의 아름다운 선물이었다.

무등산 자락 안양산 휴양림으로 가는 산길의 철쭉은 올 봄에 가장 화려한 색깔로 눈부시게 수놓았다. 붉고 흰 철쭉꽃은 푸른 소나무와 돌탑과 한데 어우러져 꽃 대궐을 이루었다. 꽃이 흐드러지게 피었다는 말로는 그 표현이 부족하다. 찢어지게 피었다? 아니 환장하게 피었다고 해야 할까? 나는 꽃들을 보기 위해서 자주 자동차로 이 길을 달렸다. 매주 금요일마다 대학에 강의 때문에 이 길을 달리면서 행복했다. 내가 다녀본 드라이브 길 중에서 이만큼 아름다운 길은 별로 기억에 없었던 것 같다.

안양산 꽃길은 화순읍 유천리에서 출발하여 돌담장을 지나면서부터 이어진다. 가파른 길을 오르다 보면 오른쪽 비탈이 온통 철쭉 꽃밭이 펼쳐져 있다. 고갯마루에는 주차장과 차를 파는 쉼터가 있다. 이곳에서 바라보는 건너편 목장의 분홍빛 야생 철쭉꽃 군락지도 장관이다. 가까이서 살면서도 이곳 목장에 이처럼 화려한 야생 철쭉 꽃밭이 펼쳐져 있었는지를 몰랐다. 어느 봄날 지나다 보니 눈앞에 분홍꽃 물결이 출렁이는 것을 보고 '아' 하고 탄성을 질렀다. 야생 철쭉밭 건너편 만연산으로 오르는 등산로와 그 주변도 잘 다듬어져 있다. 쉼터에서부터 꽃길이 끝나는 들꽃 약초마을 갈림길까지, 주말이면 꽃구경 온 차량들로 넘쳐 난다. 길 양쪽에 주차를 해 차량이 빠져나가기가 어려울 정도다.

들꽃 약초마을에 올라가 보면 하늘에 붕 떠 있는 기분을 느낀다. 수만리 쪽을 내려다보는 경치 또한 일품이다. 들꽃마을에는 얼마 전 문인화가 계산 장찬홍 씨가 화실을 짓고 둥지를 틀었다.

들꽃마을 앞을 지나쳐 휴양림으로 가는 길은 꽃은 보이지 않지만 이태리에서 스위스로 넘어가는 알프스 산자락 길만큼이나 아름답다. 발바닥이 간질간질할 정도다. 이 길에서 내려다보이는 발아래 수만리 계곡이 낭떠러지 밑으로 꿈틀대고 눈앞에는 높고 낮은 산들이 첩첩이 포개어 갈매빛 물결을 이룬다. 해맑은 날 아침이면 안개가 골짜기에 가득 흐르고 비 오는 날에는 여인의 속치마 같은 구름이 산허리를 느슨하게 감아 조이는 것을 볼 수가 있다.

안양산 휴양림에서 안양 저수지까지의 길도 잘 닦여져 있다. 길 양쪽에 늘어선 오래된 조선 소나무의 푸른 향기를 마시며 내리막길을 달리는 기분은 상큼하다. 곳곳에 차를 멈추고 몸을 누이고 싶을 정도로 깔끔한 잔디가 비로드처럼 깔려 있고 저수지 윗길에는 철쭉꽃이 가지런하게 줄을 서 있다. 화순읍에서 안양산 저수지까지는 십 킬로미터쯤 된다. 다시 저수지를 지나면 무등산 사타구니 속처럼 깊고 은밀한 곳에 안심마을이 자리 잡았다. 이곳에 KBS 인간시대에 소개된 민박집 '산적 소굴'이 있다. 삼거리에서 화순온천 쪽으로 조금 내려가면 연정국악연수원이 있고, 조금 더 가면 유서 깊은 마을 이서면 야사리가 나온다.

야사에서 화순온천 가는 길도 아기자기한 맛이 있다. 동복수원지 상류를 따라 작은 고개를 넘다가 첫번째 고갯마루에서 먼발치로 바라다보이는 화순 적벽 경치가 쏠쏠하다. 에메랄드 빛 물결이 출렁이는 수원지 위쪽으로 적벽산이 덩싯하게 솟아올라 있고, 주변에는 깎아지른 듯한 바위들이 쭈뼛쭈뼛 드러나 보인다. 저 유명한 화순적벽은 음씰하게 물에 잠겨 버렸지만 이곳에서나마 그 흔적들을 얼추 상상할 수가 있다. 다시 고개 하나를 어슷하게 넘으면 담양 땅이다. 구산리 삼거리에서 화순온천까지는 단숨에 달려갈 수가 있다.

화순읍에서 안양산 휴양림을 거쳐 화순온천까지 가는 이 아름다운 드라이브 코스는 별로 널리 알려져 있지 않다. 화순군 버스투어에, 안양산 휴양림을 거쳐 백아산까지 포함시키는 것도 좋을 것 같다. 화순에는 무등산·백아산·모후산 같은 이름난 산이 있다. 이 산들은 화순의 소중한 자연자원으로, 엄청

안양산 휴양림 가는 길, 전남 화순, 2008

난 역사와 문화적 가치를 지니고 있다. 그래서 이곳에 사는 것이 행복하다.

뉘엿뉘엿 하루의 해가 사위어 가자 아내와 함께 마당에 풀을 뽑았다. 풀을 뽑으면서 시를 생각했다. 요즘에는 눈을 떠도 눈을 감아도 가슴 밑바닥에서 자꾸만 시가 씨앗처럼 쭈뼛거리며 터져 나오려고 한다. 고향에 돌아와서 새로운 체험을 하게 되니 시적 감흥이 분출하는 것인지도 모르겠다.

풀을 뽑으며

키가 큰 풀은 쑥쑥 잘 뽑히고
앙당그러진 풀은 죽어라 뽑히지 않는다
풀을 뽑다가, 풀처럼 살아온 등 굽은 할머니에게
풀이름을 물어본다
땅에 납작하게 눌러 붙은 것은 바래기고
까시 붙어 갖고 칭칭 감고 도는 것은 며느리밑씻개여
풀도 저저끔 살라고 발버둥친겨
사람 사는 거랑 똑같어
나는 다섯 손가락으로 바래기 밑둥을 움켜잡고
힘을 써 보지만 끝내 뽑히지 않는다
아, 이것은 풀의 저항이 아니고
땅의 힘이구나
보랏빛 코딱지풀꽃이 보일락말락 몸을 움츠리자
차마 뽑지 못하고 한참을 바라만 본다

내가 왜 풀을 뽑지?

나는 몇 번이나 뽑혀 여기까지 왔지?

누가 나를 뽑아 여기에 버렸지?

축제마당 시골장

볼거리가 별로 없었던 옛날, 시골장은 작은 축제마당과 같았다. 시골 사람들이 나들이옷으로 한껏 멋을 부리고 무리를 지어 재 너머 장에 가는, 무채색 장면이 머릿속에 낡은 벽보처럼 펄럭인다. 특별히 팔 것도 살 것도 없이, 기껏해야 달걀 꾸러미나 씨암탉 한 마리 품에 끼고 장에 가는 자태가 마치 잔치 집에라도 가는 것처럼 잔뜩 설레는 표정들이었다. 이날은 특별히 장에 볼 일이 없어도 이웃 따라 장 길을 서두르게 마련이다. 장에 가서 장 구경하고 이웃 마을에 사는 친지들을 만나 그간의 쌓인 소식도 들을 수도 있기 때문이다.

어쩌다가 팔러 간 물건 값을 잘 받아 주머니가 넉넉해진 날은 친지를 만나 국밥집에 들러 돼지기름 동동 뜬 국수에 얼큰하게 막걸리 한잔이라도 들이키면 세상 부러울 것이 없다는 듯 넉넉한 얼굴들이었다. 하릴없이 장바닥을 꿰고 다니다가 해질 무렵 파장이 되어서야, 불콰한 얼굴로 집으로 돌아가는 사람들의 손에는 달랑 갈치 한 마리나 고등어 한 손이 들려 있게 마련. 탁주

순대국밥집, 전북 순창, 2001

한 사발에 얼큰하게 취해 생선꿰미를 흔들며 신세타령인 듯 푸념인 듯 육자배기 한가락 뽑아대며 집으로 돌아가는 모습이 아름답기까지 했다.

우리 마을 사람들은 걸어서 이십 분쯤 걸리는 화순 이서면 야사장(그때는 방석부장이라고 불렀다)을 다녔다. 나도 어렸을 적에 달걀을 훔쳐 짚에 싸 들고 부모님 몰래 장 구경을 가곤 했다. 내가 어김없이 들르는 곳은 여러 가지 책들을 길바닥에 좍 깔아놓고 파는 노점 책방이었다. 이곳에서는 책력이나 가정보감, 표지 그림이 알록달록한 『옥단춘전』『장화홍련전』『임경업 장군전』 같은 소설이 많았다. 그리고 어쩌다가 『왕자와 거지』『소공녀』『장발장』 같은 소설책이 눈이 띠기도 했다. 나는 달걀을 팔아 생긴 돈으로 세계명작 소년소녀 소설책을 사곤 했다. 책을 사 들고 오달진 마음에 장을 한 바퀴 돌다가 마을 어른들이나 이웃 마을 친척을 만나면 엿이나 눈깔사탕을 얻어먹기도 했다.

그때나 지금이나 시골장은 포실하고 정감이 넘친다. 장사꾼들은 빡빡하지 않고 덤터기를 씌우지도 않는다. 값을 깎을 수도 있고 덤을 받을 수도 있다. 또 파장 무렵에는 떨이로 물건을 싸게 살 수 있어 좋다. 장에 가면 옛날의 풍물이 아직 남아 있는 것 같아서, 시골로 거처를 옮겨 온 나는 요즘 장돌뱅이가 되었다. 한동안 우리 마을에서 가까운 오일장 순례를 했다. 담양장·창평장·옥과장·능주장·승주장·곡성장·석곡장·사평장 등을 다 돌아보았지만 화순장이 가장 마음에 들었다. 장의 규모도 제법 크고 채소·과일·곡물·의류·잡화·철물·생선 등 질이 좋고 값도 싸기 때문이다. 운이 좋으면 맑은 물에서 잡아온 다슬기나 민물고기를 만날 수도 있다.

그런데 나는 오일장에서 광주 친지들을 자주 만나곤 한다. 요즘 시골장을 찾아다니는 도시 장돌뱅이들이 부쩍 많아졌다고 하더니 사실인 모양이다. 시골장 마니아들은 장에 와서 백화점이나 마트에서는 맛볼 수 없는 옛날 정취도 느끼고, 싼 값으로 좋은 물건을 맘대로 골라 살 수 있기 때문이라는 것이다. 이 같은 도시 장돌뱅이들을 노리고 장흥에서는 재빨리 '토요장'을 개설하여 좋은 반응을 얻고 있다. 장흥 '토요장'에 가면 질 좋은 한우 고기와 싱싱한 생선을 싼 값에 살 수 있다는 것이 입소문을 타고 널리 퍼졌다. 소문이 나자 광주 등 인근 도시 사람들은 물론 서울에서까지 관광버스를 대절해서 장을 보러 온다고 한다. 장흥은 토요시장 개설로 '관광시장'의 효과까지 톡톡히 보고 있는 셈이다.

다른 시골장도 특화할 필요가 있다. 광주와 가까운 장점도 있어 지금의 규모라면 성공할 가능성이 높다. 풍부한 농산물과 한우·야채·과일 등 화순이 내세울 것은 많다. 화순의 특산물을 브랜드화하고 주변 환경만 조금 개선한다면 얼마든지 가능하다고 본다. 그러자면 우선 주차장을 정비하고 장날에 한해 장터 주변에 차량통행을 제한시켜 안전한 보행을 보장해 줄 필요가 있다. 먹을거리 골목을 조성한다면 더욱 좋을 것 같다. 부쩍 늘어나고 있는 도시 장돌뱅이들을 유인하기 위해서는 특화된 상품, 주차장, 먹을거리 등 세 박자가 맞아떨어져야 한다. 다슬기 탕이나 민물고기 탕 같은, 화순장에 가면 맛볼 수 있는 특색 있는 음식이 준비된다면 좋을 것 같다.

보고 싶은 야사 은행나무

지난해 가을 끝자락에, 강연균 화백이 '생오지'에 찾아왔었다. 강 화백은 화순 이서면 야사(野沙)로 은행나무를 보러 가는 길에 들렀다고 했다. 우리는 한동안 은행나무에 대해 이야기의 꽃을 피웠다. 나는 양평 용문사 은행나무와 영동 천태산 영국사 은행나무에 대해서 이야기했다. 두 곳의 은행나무는 수령 천년이 넘은 것들이다. 특히 영국사 은행나무는 가지가 다시 땅에 박고 뿌리를 내려, 자식과 같은 또 한 그루의 은행나무와 같이 자라고 있는 것이 신기했다. 강 화백은 화가답게 황금빛으로 물든 은행잎 빛깔의 아름다움에 대해 이야기했다.

나무 전체가 황금빛으로 물든 늦가을의 은행나무 빛깔은 특별하다. 노랗게 물든 은행잎은 가로등 불빛에 비칠 때도 아름답지만 보름 달빛 아래서는 황홀하다 못해 고혹적이리만큼 자극적이라는 것을 나는 알고 있다. 졸작『은행나무 아래서』라는 소설을 쓰면서, 나는 일부러 보름날 밤잠을 자지 않고 달빛에 황금빛으로 일렁이는 은행나무를 밤새도록 지켜본 적이 있었다.

강 화백이 다녀간 후 나는 갑자기 야사 은행나무가 보고 싶었다. 야사는 '생오지'에서 자동차로 오 분 거리도 안 되는, 화순군 이서면사무소 소재지 마을이다. 이곳은 우리 아버지가 1927년에 개교한 야사공립보통학교에 다니셨고, 나도 어렸을 때 방아재 너머 방석부장에 자주 오갔던 터라 익히 아는 마을이다. 내 장편소설 『느티나무 사랑』에도 방석부장이 묘사되어 있다. 그런데도 용문사 은행나무와 영국사 은행나무를 보기 위해서 양평과 영동까지 갔다 왔던 내가 왜 아직 한 번도 지척에 있는 야사 은행나무를 보지 못했단 말인가. 더욱이 내가 기자 초년병 시절에 '자승거'와 '자동목마' 등을 발명한 석성 하백원(石城 河百源) 선생을 취재하기 위해 그의 육대손인 국문학자 하성래(河聲來) 박사와 함께 두어 차례 그곳에 가 본 일이 있었지 않은가.

나는 비바람이 휘몰아치던 다음 날 아침 일찍 서둘러 자동차를 몰고 야사로 향했다. 노랗게 물든 은행잎이 묶음으로 덩이져서 나뭇가지에 매달려 출렁이는 모습이 일품이지만, 약속이나 한 듯 한꺼번에 옴씰하게 떨어져 땅에 황금빛으로 수북하게 쌓인 것도 보기 좋기 때문이다. 잎이 떨어져 있는 것을 보기 위해서는 비바람 몰아치는 다음 날 아침이 딱 좋다. 한 가닥 미련도 없이 깨끗하게 떨어져 버리는 그 단호한 결별의 의지를 볼 때마다, 집착과 욕망의 끈을 놓지 못하고 버둥대는 사람들의 모습이 안타깝기 때문일까.

영신천 상류에 이르자 무등산이 황소가 엎드린 모습으로 한눈에 들어왔다. 쌍열문(雙烈門)과 늙은 쌍 느티나무가 서 있는 분교를 지나, 우체국 앞에 차를 멈추었다. 하천을 따라 우측으로 휘어 돌자 오래된 집 뜰 앞에 눈부신 정경이 펼쳐져 있었다. 은행나무는 간밤의 비바람에 한 잎 남김없이 깡그리

불갑사 은행나무, 전남 영광, 2000

떨어뜨려 땅을 황금빛으로 물들인 채 앙상한 모습으로 헌거롭게 서 있었다. 나는 멀찍이 서서 한참을 바라보다가 가까이 가서 힘껏 안아 보았다. 수령 팔백 년에 높이 삼십 미터, 둘레 십 미터의 국가지정 303호. 잎이 떨어져 앙상했지만 야사 은행나무는 돌아가신 우리 외할아버지 모습처럼 늠연해 보였다. 몸통에 큰 구멍이 뚫려 있고 가지에 유방처럼 생긴 돌기의 일종인 두 개의 유주를 달고 있었다. 마을 사람들은 오래전부터 신목으로 의지, 매년 정월 대보름에는 당산제를 올린다고 했다. 아들을 못 낳아 이 나무에 빌어 아들을 점지 받은 아낙이 여러 명이라고 한다. 내가 보기에도 수령 천백 년이 되었다는 용문사 은행나무나, 한 그루에서 두 나무가 자라는 영국사 은행나무에 비해서 우람함이며 아름다움이 조금도 뒤지지 않았다. 우리 곁에 팔백 년 된 은행나무가 있다는 것은 얼마나 행복한 일인가. 그러나 우리는 한 그루 나무가 주는 큰 행복을 미처 알지 못하고 살아가고 있다. 나는 야사 은행나무가 황금빛으로 물들이게 될 가을이 기다려진다. 올 가을에는 꼭 보름날 달빛에 눈부시게 빛나는 야사 은행나무를 보러 가야겠다.

슬픈 은행나무

서울에서 교편을 잡고 있는 후배가 학생들을 인솔하고 소쇄원에 왔다기에 부랴부랴 자동차를 몰고 나갔다. 생오지에서 소쇄원까지는 자동차로 십오 분쯤 걸리는 가까운 거리다. 우리 집에서 소쇄원까지 가는 구불구불한 도로에는 구간별로 철쭉이며 배롱나무·은행나무·단풍나무가 심어져 사철이 아름답다. 가을로 접어들면서부터는 은행나무가 황금색으로 물들어 가벼운 바람에도 온몸으로 출렁였다.

노랗게 물든 은행잎은 낮보다는 밤이 더 아름답다. 밤도 전기 불빛 아래서 보다는 보름 달빛에 비칠 때가 더 화사하고 눈부시다. 작년 이맘때 나는 청승맞게도 달빛에 비취는 은행잎을 보기 위해 한밤중에 자동차를 몰고 광주댐까지 아주 느린 속도로 갔다 온 적도 있다. 휘영청 밝은 보름 달빛에 비취는 은행잎의 황금물결은 황홀하다 못해 신비하기까지 했다.

"가을이면 황금빛 세상을 만드는 저 은행나무 때문에 성가시러워서 못살겠당께요."

전남 광주, 1987

가사문학관이 있는 지실마을에 사는 한 지인이 언젠가 노랗게 물든 은행나무를 보며 내게 말했다. 은행잎이 황금빛으로 출렁이는 계절이 오면 마음이 살랑거려 가만히 집 안에 들어앉아 있을 수가 없다는 것이었다. 나 역시 단풍철 노란 은행나무를 보면 가슴에 불이 붙은 듯 한동안 싱숭생숭하게 마련이다.

소쇄원에 도착하여 후배를 찾기 위해 두리번거리고 있는데 대여섯 명의 할아버지들이 사진을 찍기 위해 노란 은행나무 밑에 한껏 포즈를 취하고 서 있었다. 팔순이 가까운 노인들은 차림새로 보아 한때는 남부럽지 않은 생을 살아온 분들인 것 같았다. 카메라를 들고 있던 빨간 모자 할아버지가 지나가던 내게 사진을 찍어 달라고 부탁했다. 나는 앵글을 통해 근엄하면서도 조금은 쓸쓸하고 공허해 보이는 노인들의 면면을 살펴보았다. 인생을 다 살아 버린 듯한 나이에, 어쩌면 마지막 여행이 될지도 모르는 이 순간, 한 가닥 우정의 흔적이라도 남기고 싶어 사진을 찍는 할아버지들의 마음이 애틋하게만 느껴졌다.

나는 사진을 찍어 준 다음 소쇄원 안을 다 둘러보았으나 후배를 찾을 수가 없었다. 휴대폰이 울렸고, 시간이 없어 그냥 급하게 다음 행선지로 떠난다면서 몇 번이고 죄송하다는 말을 했다. 나는 후배를 만나러 갔다가 허탕을 치고 돌아오는 내내 사진을 찍기 위해 근엄한 표정으로 포즈를 취하고 서 있었던 노인들 모습이 자꾸만 머릿속에서 부스럭거렸다. 그리고 몇 년 전 앨범 사건이 떠올랐다.

내가 광주의 아파트에서 살 때였다. 아침 일찍 산책을 하기 위해 아파트를

나서려는데 재활용 쓰레기장에 멀쩡한 가죽 커버 앨범이 버려져 있는 것이 아닌가. 앨범을 들고 펼쳐본 나는 열흘 전쯤에 세상을 뜬 우리 동 304호 할아버지 사진을 발견했다. 304호 할아버지는 초등학교 교장을 퇴직한 후 시골에 내려가 부인과 함께 살다가, 삼 년 전에 부인이 세상을 뜨자 광주 아들 집으로 옮겨 왔고, 끝내는 지병인 신장병으로 부인을 따라갔다. 앨범은 필시 할아버지가 세상을 뜨자 그의 며느리가 버린 것이리라 .

나는 경비실 아저씨에게 앨범을 가져다주면서 304호 아주머니한테 돌려주라고 했다. 그때 경비실 주변에 우리 동 사람들 몇 명이 있다가 함께 그 앨범을 보았고 저마다 혀를 차며 며느리를 비난했다. 며칠 안에 앨범 소문은 아파트 단지 안에 짜하게 퍼졌으며, 304호 여자가 지나가면 모두들 뒤통수에 대고 불효막심한 며느리라고 한마디씩 쑥덕거렸다. 결국 304호 여자는 우리 아파트에서 살지 못하고 이사를 하고 말았다.

소쇄원에서 만나 마지막 흔적을 남기기 위해 한껏 포즈를 취했던 노인들의 사진도 결국 머지않아서 버려지게 될지도 모른다는 생각이 들자 가슴이 저몄다. 바람을 맞힌 후배와, 한 줄로 늘어선 노인들의 근엄한 얼굴들과, 쓰레기장에 버려진 앨범과, 황금빛 은행나무 생각으로 그날 하루 내내 머릿속이 살랑거렸다. 그래도 가장 아름다운 모습으로 가슴에 남은 것은 노란 은행나무였다. 미련 없이 깔끔하게 온몸의 화려함을 일시에 떨쳐 버린 벌거벗은 은행나무가 이날따라 왜 그렇게 의연해 보였는지 모르겠다.

다음 날 아침 일어나 보니 골짜기 가득 안개가 넘실거렸다.

생오지 안개

검은 잡목 숲 속에
무리지어 숨어 있다가
새벽이면 슬그머니
연둣빛 속치마 끌며
머리 풀고 달려온 그대
촉촉이 젖은 알몸으로
문밖을 서성이다가
서성이다가
흔적도 없이 사라져 간 그대
그대 떠난 후에도
시름이 자욱한 이 세상
오늘 하루만이라도
깊이 잠들고 싶다

향기 나는 사람

　시골로 거처를 옮겨 온 후, 나는 마당에 향기 뿜는 꽃나무들을 이것저것 심었다. 금목서·은목서·천리향은 앞뜰에 심고, 야래화(夜來花)는 얼어 죽지 않게 화분에 심어 실내에 놓고 향기를 즐겼다. 꽃의 색깔과 모양이 다르듯 향기도 각각 달랐다. 아기 손톱만큼 작고 앙증맞은, 꽃이 금가루를 뿌려놓은 것처럼 멍울멍울 노랗게 피는 금목서와, 은가루를 뿌려 놓은 것 같은 은목서 향기는 상큼하기는 해도 너무 짙고 날카로워서 코를 툭툭 쏘는 듯하다. 그런가 하면 천리향은 은은하고 부드럽다. 나무가 잘 자라지 않아 큰 나무를 사다 심을 수가 없었다. 야래화는 이름 그대로, 땅거미가 내릴 무렵에 피었다가 동이 틀 무렵이면 향기를 거두고 살며시 꽃잎을 오므린다. 잎의 색깔과 비슷한 연녹색으로, 꽃답지도 않은 것이 고혹적인 향기를 진하게 내뿜는다.

　옛날 우리 집 안뜰에 청매화가 질 무렵이면 진홍빛 홍매화가 요염하게 피곤했다. 어느 날 할머니께서 시샘이나 하듯 턱끝으로 홍매화를 가리키시며 "꽃이 저로코롬 이쁘고 향이 지독헌 꽃을 피우면 열매를 맺지 못헌단다. 그

연꽃, 전북 전주시 덕진연못, 1989

래서 홍매화를 기생꽃이라고 혀. 기생이 애기 난 것 봤냐"라고 하신 말씀이
새삼스레 머리를 때린다. 할머니의 말씀처럼, 따지고 보니 장미나 라일락·백
합 등 화려하고 향기가 짙은 꽃은 열매를 맺지 못하는 경우가 많지 않은가.
못난 여자에 비유하는 호박꽃은 볼품은 없어도 그 열매는 얼마나 크고 오달
진가. 그래서 나는 때때로 아름답고 짙은 꽃향기에 취하는 자신을 은근히 탓
하기도 한다. 이 세상에는 볼품없고 향기도 없는 꽃들이 더 많다는 것을 알
기 때문이다. 벼꽃이나 콩꽃·깨꽃 등은 화려하지도 향기롭지도 않지만 인간
에게 얼마나 유익한 식물인가. 우리는 보기 좋고 향기 짙은 꽃만을 좋아할
일이 결코 아닌 것이다.

　꽃향기보다 더 향기로운 것은 향나무다. 나는 겨울에 푸른 잎에 눈 내리는
모습을 즐기기 위해 향나무 몇 그루를 집 주위에 심었다. 눈이 내릴 때, 푸름
과 하양의 절묘한 조화는 꽃보다 더 아름답다. 향나무는 소나무에 비해 값도
싸고 잘 자라며 겨울에도 한껏 푸름을 자랑한다. 내가 어렸을 때 우리 집 우
물가에 오래된 향나무가 늠연한 모습으로 서 있었다. 어른들은 제사를 모실
때마다 낫으로 이 향나무 가지를 조금 잘라 향불을 피우곤 했다. 나도 향나
무 냄새가 너무 좋아서 잔가지를 꺾어 들고 다니며 향기를 맡곤 했다.

　향나무는 몸에 상처를 내야 몸 밖으로 향기가 뿜어져 나온다. 낫으로 베거
나 도끼로 찍어 상처를 크게 낼수록 그 향기가 더욱 짙다. 이 은유는 참으로
아름답고 의미가 깊다. 그래서 나는 연전에 이 깊은 은유를 「눈향나무」라는
단편소설로 써서 발표했다. 오백 년쯤 늙은 향나무가 깊은 산속에서 고목이
되어 죽어가자, 누구인가 죽기 전에 자기를 찾아와 몸에 상처를 내주기를 빌

었다. 눈향나무의 소원이 이루어져, 나무공예가의 눈에 띠었다. 죽어가는 향나무는 톱으로 잘려 토막이 났으며 온몸의 향기를 세상에 내뿜게 되었고 마침내는 관음보살상으로 다시 태어난다는 이야기다.

사람한테서도 냄새가 난다. 사람 냄새는 하는 일에 따라서 각기 다르다. 생선장수한테서는 비린내가, 선생님한테서는 분필가루 냄새가, 농사꾼한테서는 흙냄새가, 학자한테서는 책 냄새가 나게 마련이다. 어떻게 보면 자기가 하는 일을 천직으로 여기고 냄새를 많이 피우는 사람이 가장 인간적일 수도 있다는 생각을 해 본다. 장사꾼한테서 흙냄새가 나고 농사꾼한테서 분필 냄새가 난다면 좀 이상하지 않겠는가.

뭐니 뭐니 해도 이 세상에서는 사람의 향기가 가장 향기롭다. 아름다운 사람한테서는 꽃향기보다 훨씬 더 그윽하고 향기로운, 아주 특별한 냄새가 난다. 달콤하고 찐더운 냄새. 꽃향기는 꽃이 시들면 그만이지만 향나무처럼 고통을 많이 겪고 자신을 희생하여 남을 위해 봉사하는 사람한테서 뿜겨 나온 향기는 짙고 오래 간다. 죽은 뒤에도 향기는 영원히 살아 있게 마련이다. 이기주의에 함몰되어 가는 오늘의 현실에서, 이 세상이 사람의 향기로 가득 차게 된다면 우리 인생이 얼마나 아름답겠는가. 그래서 나는 이제 향기가 나는 꽃나무는 그만 심기로 했다. 진정으로 세상을 아름답게 가꾸려면 나 자신부터 향기로운 사람이 되어야겠다는 생각을 해 본다.

서울 매미와 시골 매미

며칠 전 서울 강남에 사는 친척집에 갔다가 매미 소리 때문에 잠을 설쳤다. 열대야의 후텁지근한 날씨에 매미마저 매섭게 울어대, 깊은 잠을 잘 수가 없어 밤새도록 뒤척이다 새벽을 맞았다. 시골에 살고 있는 나는 가끔 서울 사람들로부터 해가 갈수록 매미들이 더욱 극성스럽게 울어댄다는 이야기를 자주 들어왔다. 그런데 내가 막상 서울에 가서 보니 서울 매미는 확실히 사납게 울어댄다는 것을 알 수 있었다. 매미가 시끄럽게 우는 것은 비단 서울뿐만은 아닌 것 같다. 여름이면 대도시 어디서나 매미가 극성스럽게 울어대기 마련이다

농촌의 매미 소리보다 도시의 매미 소리가 더 극성스럽다. 더욱이 농촌 매미는 주로 낮에 우는데 도시의 매미는 밤낮을 가리지 않고 운다. 그 이유는 간단하다. 농촌은 밤이면 암흑 세상이 되지만 도시는 밤낮 구별할 수 없을 정도로 환하게 불을 밝혀 놓고 있으니 매미들도 헷갈릴 수밖에. 그리고 도시 매미들 울음소리가 더 높고 요란한 것은 차량 소음 등 기계음으로 심해진 환

당산나무, 전북 장수, 2008

경에 적응하기 위해 매미 자신들이 어쩔 수 없이 울음소리를 키웠는지도 모른다.

친척은 또 강북 매미보다 강남 매미 소리가 더 시끄럽다고 했다. 매미들도 강남을 좋아하는 모양이다. 친척은 '강남 매미가 강북 매미보다 더 시끄러운 이유'라는 제목의 신문기사를 보여주기도 했다. 신문기사를 보니 소리 측정 결과 강북 매미 소리가 66.8데시빌인데 비해 강남 매미는 87.6데시빌로 나와 있었다. 그것은 강남에 말매미가 많기 때문이라고 했다. 강남의 가로수가 양버즘나무나 버드나무 등 활엽수가 많아 말매미들이 좋아하는 수액을 빨아먹기 위해 몰려들기 때문이라는 것이다. 한편 강북은 활엽수보다는 침엽수나 은행나무 가로수가 많아 참매미가 많다.

토종인 참매미는 매암매암 하고 박자에 맞춰 울고 구성지게 높낮이가 있어 듣기에 좋다. 그러나 남방계열인 말매미는 마치 사이렌 소리처럼 오랫동안 높고 강렬하게 울어대 신경을 긁어대는 것 같다. 더욱이 한 마리가 울면 다른 매미들이 경쟁적으로 따라 울어 마치 꼬챙이로 귀를 뚫는 것처럼 자극적이다.

도시에서 매미가 번성하는 것은 환경오염 때문이다. 도시에서는 자동차 배기가스 등 환경오염으로 많은 곤충이 사라지고 있는데 반해 유독 매미가 번성하는 이유는 간단하다. 매미는 일생을 대부분 땅속에서 보내기 때문에 환경오염에 잘 견디는 편이다. 더욱이 매미의 천적인 조류가 급격히 줄어들어 번성할 수밖에 없다. 그렇지만 신경줄을 끊는 듯 아무리 듣기 싫은 말매미 소리라고 해도, 기계음에 비하면 훨씬 상큼하고 아름답다. 서울에서 참으로 견딜 수 없는 것은 매미 소리가 아니라, 뇌에 끌질을 해 대는 것 같은 기계음들이다.

내가 살고 있는 시골의 한여름 대낮은 햇빛 속에 납작하게 엎드려 있다. 새들도 더위에 목이 타는지 울음을 그쳤다. 풀벌레와 매미가 한낮의 소리 공간을 완전히 제압해 버렸다. 풀벌레 중에서도 여치의 목소리가 제일 크다. 겨우 두 달 동안 살 수 있는 여치는 그 짧은 삶에서 짝짓기와 알을 낳아야 하기 때문에 울음소리마저 찌르르찌르르 다급하다. 나는 문득 어렸을 때 여치를 잡아 보릿대로 집을 만들어 마루 위 기둥에 걸어 놓았던 기억이 떠올랐다.

안타까운 것은 이제 시골에서도 논밭 주변에서는 여치며 매미 소리를 듣기 어렵다는 것이다. 들에서 쫓겨난 벌레들은 산에서만 운다. 농약이나 제초제 영향으로 시골이라고 해도 논이나 밭, 집 주변에서는 매미도 풀벌레도 울지 않는다.

우리는 매미나 풀벌레 우는 소리를 지겹다고 짜증 낼 일이 아니다. 인간에게 책임이 있기 때문이다. 이 모든 것이 인간이 자초한 재앙인 셈이다. 도시나 시골이나 심각한 환경파괴로 상태계가 균형을 잃었기 때문이다. 살기 좋은 세상을 만들자면 이제부터라도 생태계의 균형을 바로잡아야 한다.

뜸북뜸북 뜸북새

며칠 전 나는 우연하게 가수 이선희가 부른 〈오빠 생각〉이라는 노래를 듣고 가슴이 싸한 전율을 느꼈다. 내가 유년 시절에 자주 불렀던 동요를 참으로 오랜만에 다시 듣게 된 것이다. 친구한테 그 이야기를 했더니 조용필이 부른 〈오빠 생각〉도 좋다고 해서 들어보았다.

뜸북뜸북 뜸북새 / 논에서 울고 / 뻐꾹뻐꾹 뻐꾹새 / 숲에서 울 때 / 우리 오빠 말 타고 / 서울 가시며 / 비단구두 사 가지고 / 오신다더니 / 기럭기럭 기러기 / 북에서 오고 / 귀들 귀들 귀뚜라미 / 슬피 울건만 / 서울 가신 오빠는 / 소식도 없고 / 나뭇잎만 우수수 / 떨어집니다

노래를 들으면서 아련한 추억으로 뜸부기를 떠올렸다. 내가 시골에 살 때까지만 해도 귀가 아프게 들었던 뜸부기 소리. 논이나 방죽 옆 습초지에서 뜸-뜸-뜸하고 울었다. 생김새가 영락없이 닭과 비슷했다. 갈색 몸통에 회색 얼룩이 져 있고 닭보다 긴 다리는 잿빛 녹색을 하고 있었다. 수컷은 수탉처

럼 붉은 깃을 달고 있었다. 가까이 다가가면 어디론가 사라져 버렸다. 어른들은 뜸부기가 숨바꼭질 선수라서 잡을 수 없다고 했다.

그 후 어른이 된 후로 나는 뜸부기를 보지 못한 것 같다. 삼 년 전 '생오지'로 이사 온 후 행여 뜸부기를 볼 수 있을까 싶어 논둑과 습초지를 헤매 보았지만 뜸부기 소리조차 들을 수 없었다.

나는 인터넷으로 그동안 뜸부기에 대한 관찰 기록들을 훑어보았다. 칠십년대 이전까지만 해도 흔한 새였던 뜸부기는 팔십년대 들어, 산업화 바람으로 서식지를 상실하거나 훼손당해 그 수가 급격히 줄어들었고 환경부가 2005년에 천연기념물로 지정하였다. 2000년 이후의 관찰기록 중에서 신빙성이 있는 것은 멸종된 것으로 알려졌던 한국 뜸부기를 사십삼 년 만에 관찰되었다는 2005년 9월 28일의 기록이었다. 남제주군 안덕면 산천리 공사 현장에서 몸과 날개·다리에 부상을 입은 것을 발견하여 김포에 있는 야생조류보호협회로 옮겨졌다는 것이다. 그리고 2006년 5월에 전남 신안군 흑산면 홍도리에서, 관찰되었다는 알락뜸부기의 기록도 있었다. 알락뜸부기는 1930년 이후 국내에서 관찰기록이 한 건도 없었다. 홍도에서 관찰된 뜸부기는 등과 날개에 어두운 갈색의 검은 세로 줄과 흰색의 가느다란 가로 줄무늬가 있고 턱과 배가 흰색인 것으로 보아, 알락뜸부기가 틀림없는 것으로 보인다.

그 밖에, 2008년에 충남 아산과 고창, 의왕 백사천에서 뜸부기를 관찰했다면서 사진까지 찍어서 인터넷에 올려놓았지만, 이에 대한 조류학자들의 언급은 없다. 2008년 7월 13일 충남 아산에서 암수 한 쌍이 관찰되었다는 인터넷에서는 메추라기 알보다 1.5배 정도 큰 알 여섯 개의 사진도 올려져 있었다. 그리고 경기 의왕에서 야조회 회원들은 뜸부기를 잡아 모기장에 가두어 놓고 회원들이 엎드려서 사진 촬영을 하는 모습까지 보여주고 있다. 하지만 잠수나 헤엄을 잘 치고 허공으로 날아오르는 것은 쇠물닭일 가능성이 크다.

이제 다시는 뜸부기 소리를 들을 수 없다고 생각하니 소중한 것을 잃어버린 것처럼 왠지 허전하다. 나는 카세트 볼륨을 최대로 올리고 이선희의 〈오빠 생각〉을 다시 듣는 것으로 위안을 삼을 수밖에 없었다.

사라진 것들이 그립다

얼마 전 포크레인을 동원하여 우리 집 마당을 정리하다가 둥그스름한 돌이 나왔다. 내 힘으로 들기는 버거울 정도로 크고 무거웠다. 마을 노인들이 이 돌을 보더니 '들돌'이라고 했다. 그때서야 나도 유년 시절 당산나무 밑에 놓여 있었던 둥근 돌덩이를 기억해 냈다. 들돌은 마을 남자들이 힘겨루기를 하는 돌이었다. 지금으로 말하면 역기인 셈이다.

옛날에는 해마다 음력 7월 보름께, 용의 날을 맞아 '호미씻기'라고 하여 지주들이 머슴들에게 술과 음식을 준비해 주고 하루를 즐겁게 보내도록 했다. 그래서 이날을 머슴 생일날이라고도 했다. 이날 머슴들끼리 씨름이나 들돌 들기로 힘을 겨뤄서 가장 힘이 센 머슴을 장원으로 뽑아, 소와 작두 말을 태우고 한마당 잔치를 벌였다. 또한 음력 7월 15일을 백중날이라고 하여, 민가에서는 부침개를 부쳐 먹고 햇과일을 따 조상의 사당에서 천신 차례를 지냈다.

그러고 보니 내가 어렸을 때까지만 해도 7월 백중과 , 9월 중굿날에는 집집마다 부침개를 부처 먹거나 햇곡식으로 떡을 만들어 마을 잔치를 베풀었던 기억이 난다. 그런데 언제부터인가 이런 풍습들이 사라져 버렸다. 하기야 사라져 버린 것이 어디 백중 중긋날뿐인가. 내가 시골에 돌아와 보니 옛날 사람들이 소중하게 간직했던 것들이 모두 사라지고 없었다. "욕심 탓이여. 사람 욕심 땜시 없어진 것이 한두 가지가 아녀. 우리 젊었을 적에는 밤마다 집 앞꺼정 여시가 내려와서 캑캑거려쌌고 밤에는 호랭이 무서워서 뒷간에도 못 갔어. 황새·구랭이 못 본 지도 오래 되었고, 집집마다 있었던 풍구, 애기 낳을 때 쳤던 금줄도 볼 수가 없어. 물방애간도 없어지고 곧 앞마을 소핵교도 없어진담서?"

마을 노인은 오래전부터 들을 수도 볼 수도 없다는 것들을 하나하나 들먹이기 시작했다. 노인이 손가락을 꼽아 가면서 말한 것들은 달구지·연자방아·원두막·섶다리·징검다리·못줄·똥장군·가마솥·다듬이·인두·조리·떡서리·지게·두레박·나막신·당그래·산태미·바지개·털메기·쟁기·가마며 상여 소리·못줄 넘기는 소리·엿장수 가위질 소리·다듬이 소리·들노래 등이었다.

나는 시골로 내려온 지 삼 년 동안 한 번도 장수하늘소와 두점박이 사슴벌레는 물론 미호종개·꼬치 동자개·퉁사리 등을 보지 못했다. 풀과 꽃들도 사라진 것이 많았다. 으름난초·솔나리·노랑붓꽃·진노랑 상사화·끈끈이귀개·산작약·순채·독미나리·기생꽃·미선나무·황기·미치광이풀·금강초롱·깽깽이풀을 찾아보려고 했지만 아직 발견하지 못했다.

언젠가 신문을 보니, 1990년대 이후 지구상에서 육천여 종의 양서류와 조

섬진강 징검다리, 전북 임실, 2003

류 및 어류가 사라졌다고 했다. 이 중에서 백칠십 종의 양서류는 절멸했다. 세계 곳곳에서 동식물들이 대규모로 사라져 가고 있다는 것이다. 특히 환경 변화에 민감한 생물 종이 위기에 처해 있다. 이것은 다윈이 말한 '자연도태'가 아니라 갑작스런 멸멸에 가까워 문제가 심각하다. 지금 동식물들이 대량으로 사라져 가고 있는 것은 백악기에 공룡이 사라졌던 속도보다 훨씬 빠르다는 것이 더 심각하다. 이대로 간다면 동식물의 멸종이 인간의 멸종으로 이어지게 될지도 모를 일이다.

사라져 간 것들을 생각하면 슬프다. 슬픔 다음에 그리움이 사무쳐 온다. 무엇보다 콩 한 조각도 열 사람이 나눠 먹는다는 시골 인심이 사라진 것이 아쉽다.

"나는 헛살았다"

올해 구십오 세인 내 친구 아버지의 이야기다. 얼마 전 친구는 조촐하나마 정성을 다해 아버지의 구십오 세 생신상을 차렸다고 한다. 이날, 육남이녀의 자식들과 스무 명이 넘는 손자 손녀들이 한자리에 모였다. 생일 축하 노래에 이어 만수무강을 비는 자식들의 절을 받은 아버지는 갑자기 정색을 하더니 "나는 헛살았다"라고 큰소리로 외치셨다. 그 말을 들은 자식들은 깜짝 놀랐다. 그동안 불효를 해서 노여움을 타신 것은 아닌가 하여 전전긍긍 아버지의 눈치를 살폈다. 내 친구는 아버지 앞에 무릎을 꿇고 불효를 했다면 노여움을 푸시라고 용서를 빌었다. 그러나 아버지는 눈을 꼭 감은 채 한참 동안 앉아 있기만 하셨다.

친구 아버지는 젊어서 버스기사, 나이가 들어서는 택시기사를 하여 팔남매를 먹이고 가르치셨다. 종일 운전석에 앉아 일을 했던 탓으로 방광염이며 관절염·기관지염 등을 앓아 골골거리다가, 자식들이 모두 대학을 졸업하고 각기 제 앞가림을 할 수 있게 되자 일을 그만두셨다. 평생 운전대만 잡고 살다 보니 일이 지겨워 앞으로 남은 인생은 편하게 살고 싶다면서, 자신의 건강을 돌보는 것 외에는 아무 일도 하지 않고 집에 들어앉아 편히 지내 오셨다.

"내 나이 스물한 살에 늦장가 든 후부터 팔남매를 낳아 먹이고 가르치느라 너무 지치고 고단해서 좀 편하게 살아 볼라고 예순다섯에 운전대를 놓았었다. 그때 내 생각으로는 정말 아무 일도 하지 않고 죽는 날까지 편하게 지내고 싶었단다. 그런데 집에 들어앉아서 아무것도 한 일 없이 삼십 년을 보내고 나니 헛살았다는 생각이 든다. 이럴 줄 알았더라면 무슨 일이라도 할 것을 허송세월을 하고 말았어."

아버지는 탄식을 늘어놓으셨다. 그때서야 자식들은 안심했다. 아버지가 헛살았다고 하신 것은 자식들 불효 탓이 아니었음을 알았기 때문이다. 삼십 년 동안 보람된 일을 하지 않고 집에서 편히 쉰 것이 아쉬워서 하신 푸념이었음을 안 것이다. 이날 친구 아버지는 앞으로 얼마를 더 살게 될지 모르지만 이제부터라도 헛살지는 않겠노라고 다짐을 하셨단다.

친구 아버지는 그날부터 일기를 쓰기 시작했다. 다음은 "헛살았다"라고 한 그날부터 쓴 구십오 세 아버지의 일기를 친구가 내게 가져와서 보여준 것이다. 초등학생들이 쓰는 연습장 노트에 볼펜으로 꾹꾹 눌러가며 삐뚤빼뚤 쓴 첫날의 일기는 꽤 길었다.

2007년 6월 23일. 아침나절에는 구름 조금 끼고 저녁때는 바람 많이 불었다. 나는 오늘 아침나절 쓰레기를 태우는 드럼통 안에 딱새 한 마리가 새끼 다섯 마리를 깐 것을 처음 보았다. 드럼통 안을 들여다보았더니 내가 제 어미인 줄 알았는지 손톱만한 새끼들이 노란 주둥이를 쩍쩍 벌렸다. 참말로 신기했다. 그동안 나는 딱새가 우리 집 쓰레기 소각통에 알을 낳은 것도 몰랐다. 어째서 그동안 한 번도 딱새를 보지 못했을까. 나는 그까짓 작은 새 따위에는 관심 같은 거 갖지 않고 살아왔다. 아니 그동안 나는 내 몸뚱이 하나 돌보는 것 외에는 매사에 무관심했다. 새끼를 간 딱새를 보니 너무도 재미있어 시간 가는 줄도 모르고 칠일 벚나무 그늘 밑에 퍼질러 앉아서 지켜보았다. 딱새는 꽁지를 깝죽거리며 하루 내내 쉬지 않고 열심히 먹이를 물어다 새끼들을 먹여 주었다. 자식들을 위해서 쉬지 않고 일했던 젊은 시절이 생각났다. 작은 미물도 새끼들을 위해 열심히 사는 것을 보니, 내가 그동안 자식들만을 위해 살아왔던 것이 조금도 후회시럽지가 않았다. 나는 딱새를 보고 많은 것을 느꼈다. 작고 하찮은 것에 관심을 갖고 사는 것도 참 재미지고 오지다는 것을 처음 알았다. 앞으로는 내 건강에만 신경 쓰지 않고 작고 하찮은 것에 많은 관심을 갖고 살아야겠다.

친구 아버지가 헛살았다고 하신 것은 육십오 세 이후 노년의 삶을 말한다. 삼십 년 동안 아무 일도 하지 않고 편하게 살아온 것을 후회하신 것이다. 그리고 구십오 세 생신을 계기로 일기를 쓰고 딱새의 하루를 관심 있게 지켜본 것은 뒤늦게라도 의미 있는 삶을 살기 위한 자각이라고 할 수 있다. 그것은 큰 깨우침이고 새로운 삶의 출발인 셈이다.

우리가 잘산다고 하는 것은 어쩌면 이 세상이 갖고 있는 여러 가지 색깔들을 충분히 보고 느끼고 가는 것이 아닐까. 친구 아버지는 이제부터라도 일기를 쓰고 주변의 하찮은 것에 관심을 가지면서, 그 속에서 삶의 진정한 의미를 찾을 수 있을 것이다.

기다림은 희망이다

그리움은 등 뒤에 있고 기다림은 눈앞에 있다고 한다. 그리움은 과거 아름다웠던 추억의 축적을 되새김질하는 것이고, 기다림은 내일에 대한 기대와 소망을 말하기 때문일 것이다. 그러나 따지고 보면 그리움과 기다림은 시간의 흐름과는 별 상관이 없는 듯하다. 그리움은 눈앞에 있을 수 있고 기다림은 등 뒤에 있을 수도 있기 때문이다. 또한 기다림은 그리움이 되고 원망이 될 수도 있다. 그리고 그리움과 기다림에는 소망과 슬픔이 함께 있다. 그래서 그리움과 기다림은 같은 뿌리가 아닌가 싶다. 그리움과 기다림은 거짓이 없기 때문이다.

우리는 누구나 살아가면서 가슴 절절한 기다림을 체험한다. 한 번쯤은 눈이 빠지고 목이 부러지게, 슬프도록 애틋한 마음으로 누구인가를 기다려 본 적이 있을 것이다. 다만 그 기다림의 심도에 차이가 있을 뿐이다. 평생 동안의 기다림이 병이 되어 죽기도 하지만, 잠깐 동안의 기다림도 참지 못하고 쉽게 포기해 버리는 경우도 있다. 기다림의 대상도 여러 가지가 있을 수 있다.

사람을 기다리는 경우와 시간을 기다리는 경우도 다르다. 사람을 기다리는 것은 희망과 절망과 슬픔을 동반하기도 한다. 기다림의 대상이 누구냐에 따라서도 감정의 차이가 있다. 어려서는 늘 엄마를 기다리고 나이가 들면 친구나 사랑하는 사람을 기다린다.

기다림은 외로움에서 벗어나기 위한 기도와도 같은 것이다. 기다림이나 기도는 모두 소망을 담고 있다. 기도와 기다림은 간절한 마음으로 바라면 이루어진다고 믿는다. 기도와 기다림의 시간에는 마음이 편안해지게 마련이다. 그리고 혼자 있을 때, 기다림은 더욱 절실해진다. 여럿이 어울리거나 혼자 있어도 외롭지 않을 때 기다림은 그렇게 간절하지가 않다.

내 생애에서 가장 간절했던 기다림은 언제 였었던가. 네댓 살 때, 이른 봄이면 어머니는 먼 산으로 산나물을 캐러 다니셨다. 새벽에 나가서 해가 설핏해서야 큰 보퉁이를 머리에 이고 돌아오셨다. 그런 날 나는 종일 쫄쫄 굶고 어머니를 기다렸다. 어머니의 산나물 보퉁이에는 찔구(찔레순)며 송키·칡·산더덕 등 먹을 것이 잔뜩 들어 있었다. 배가 고팠던 시절이라, 어머니는 내게 먹을 것을 주어 굶주림을 해결해 주시는 천사와 같은 존재였다. 어머니는 6·25 피난 시절에도 도부장사를 하여 우리 식구를 먹여 살리셨다. 한번 장사를 나가면 짧게는 닷새 길게는 열흘쯤 지나서야 돌아오셨다. 어머니는 비누며 바늘·색실·고무줄·분·머리핀 등의 물건을 팔아 곡식을 받아 와서 식구들 배를 채워 주셨다.

나이가 들어 이성에 눈을 뜨면서부터 어머니에 대한 기다림은 점점 사그라졌다. 내가 어머니를 기다리는 것보다 어머니가 나를 기다리는 시간이 더 많아졌다. 내가 집을 떠나 광주에서 중학교에 다닐 때부터 어머니는 늘 나를 애타게 기다리셨다. 내가 집에 가는 토요일이면, 어머니는 어김없이 동구 밖 늙은 느티나무 밑에 서 계시곤 했다. 그 무렵 나는 막연하게 이성을 기다리게 되었다. 어머니를 기다렸을 때는 가끔 투정이 생겼지만 이성을 기다릴 때는 간질간질한 행복감과 함께 아련한 슬픔 같은 것이 늘 마음속에 똬리를 틀고 있었다. 기다림 뒤에는 언제나 기쁨과 공허함이 함께했다.

결혼을 하고 가정을 꾸리고부터는 자식들을 기다렸다. 자식들을 기다리는 데는 기대보다는 늘 걱정이 뒤따랐다. 어쩔 때는 무소식이 희소식이라는 말을 실감하기도 했다. 그리고 늘그막에는 손자를 기다리는 것이 가장 큰 즐거움이 되었다. 작년 봄, 나는 우리 집 앞뜰에 찢어지게 핀 분홍빛 자두나무 꽃을 다섯 살짜리 손자에게 보여주고 싶어 할아버지한테 오라고 전화를 했다. 꽃이 피기 시작해서부터 시작된 나의 기다림은 꽃이 시들고 자두가 발갛게 익을 때까지 계속되었다. 우리 내외는 손자에게 자두를 보여주고 싶어 한 개도 따먹지 않고 그대로 두었다. 기다리던 손자는 오지 않고 비가 쏟아져 자두가 옴씰하게 떨어지고 말았다. 나는 땅에 떨어진 자두를 실로 묶어 자두나무에 매달아 놓고 손자 오기만을 기다렸다.

옛날 우리나라 여인네들에게는 한평생이 기다림의 삶이었다고 해도 과언이 아니다. 그 시절 남자들은 집에 붙박이로 들어앉아 있는 경우가 매우 드물었다. 걸핏하면 전장에 나가거나 돈을 벌기 위해 떠돌기 일쑤였다. 곳곳에 망부석(望夫石) 전설이 많은 것은 우리네 여자들의 기다림이 얼마나 절절했던가를 말해 주고 있다. 여자들은 집 밖에 있는 남자들을 기다리며 살았다.

백련사 동백숲, 전남 강진, 2000

평생 동안 기다림에 지쳐 한(恨)과 원(怨)이 생기기도 했지만, 절망 속에서도 기다림 때문에 희망을 버리지 않았고, 기다림의 고통을 생명의 의지로 키워나갈 수가 있었다.

기다림의 정과 한이 노래나 문학작품에도 수용된 경우가 많다. 그 대표적인 문학작품이 백제가요 「정읍사」다. 한 여인이 사랑하는 님을 기다리다 망부석이 되었다는 슬픈 사랑 이야기다. 기다림 때문에 죽을 수 있다는 것은 슬프지만 아름답다. 목숨을 건 기다림은 비극적이긴 하지만 그만한 가치가 있다. 나는 옛날 여인들의 삶에서 기다림이란 무엇이었나를 알아보기 위해, 백제가요 「정읍사」를 장편소설로 형상화한 적이 있다. 이 소설을 쓰는 동안 내내 기다림이라는 단어가 머릿속에서 떠나지 않았다. 소설을 완성한 다음 얻은 결론은 기다림은 절망 속에서 피어나는 한 떨기 희망의 꽃과 같은 것이라는 생각이었다. 그것은 인내이고 희생이며, 용서이고 그리움이며 아름다운 사랑이 아닌가 한다. 다소 고전적인 해석일지는 몰라도, 그러므로 기다릴 줄 아는 사람만이 진정한 사랑을 할 수가 있고, 사랑받을 수 있다고 생각한다.

그러나 이 시대에 과연 기다림은 있는 것인가. 느림의 여유로움 속에 삶의 진정성이 오롯이 담겨져 있다는 것을 모른 채, 빨리빨리 서두르며 사는 사람들에게 기다림은 없다. 목숨 바쳐 가면서까지 누구를 애타게 기다리지 않는다. 요즘 사람들은 단 하루, 아니 단 몇 시간도 기다리지 않고 쉽게 절망하고 쉽게 포기하고 쉽게 권태를 느낀다. 그러므로 기다릴 줄 모르는 사람들은 더욱 외롭고 절망적이다.

기다림은 작게는 극히 사적인 염원이기도 하지만 크게는 종교적이고 민족적인 염원일 수도 있다. 메시아나 미륵의 기다림이 그렇다. 아직도 메시아나 미륵이 오지 않았다고 믿는 사람들이 많다. 현실의 삶이 불안하거나 행복하지 않다고 생각하는 수많은 사람들에게 메시아나 미륵에 대한 기다림은 내일에 대한 꿈이고 희망인 것이다.

사뮤엘 베케트 작 『고도를 기다리며』에서 두 사람은 끝까지 '고도'를 기다리고 있다. "아무것도 되는 일이라고는 없어"라는 말로 시작되는 이 작품에서, 디디라고 불리는 블라드미르와 고고라고 하는 에스트라곤은 어느 시골 길가에 서 있는 나무 밑에서 고도를 기다린다. 하루 해가 끝나 갈 무렵 남자 아이가 등장하여, 오늘은 고도가 오지 못하지만 내일은 올 것이라는 메시지를 전하고 떠난다. 그리고 그들은 다시 고도를 기다린다. 그들이 언제부터 고도를 기다렸는지, 언제까지 기다릴 것인지, 고도가 누구인지에 대해서는 알려고도 하지 않는다. 끝없는 기다림이 그들의 삶이 되어 버렸다. 어쩌면 우리들도 지금 고도를 기다리고 있는 것인지도 모른다. 고도는 누구일까. 사랑이 없는 사람에게는 사랑, 절망하고 있는 사람에게는 희망, 자유가 없는 사람에게는 자유, 굶주리는 사람에게는 밥이 바로 고도일 수가 있다.

그러므로 현실적 삶이 외롭거나 불행한 사람들에게 기다림은 더욱 절실할 수밖에 없다. 절망 속에서 희망을 꿈꾸고 싶기에.

흙냄새 나는 어머니

바람 소리가 마치 제재소 기계톱 돌아가는 소리처럼 가을밤을 온통 쥐혼들어 댔다. 신경이 예민한 탓으로 거친 바람 소리 때문에 잠을 이루지 못하고 몸을 뒤척이던 나는 거실로 나와 형광등을 켰다. 나는 거실의 베란다 쪽에 커튼 자락을 들치고 서서 어둠에 싸인 창밖을 내다보고 계시는 어머니를 발견하고 소스라치듯 놀랐다. 어머니는 오래전부터 어둠 속에 그렇게 서 계셨던 것 같았다.

"어쩌끄나, 저눔에 바람 땜시 아까운 나락 다 씨러지겠다. 하눌님도 매정허시제, 한 열흘만 참아 주실 것이제 원."

어머니는 얼핏 나를 돌아보시며 푸념처럼 말하고는 여전히 걱정에 짓눌린 표정으로 으르렁거리며 세상을 물어뜯는 어둠 속의 바람을 노려보았다. 어머니와 내가 잠을 이루지 못한 이유는 사뭇 달랐다. 나는 바람 소리가 신경에 거슬렸을 뿐이지만 어머니는 바람 때문에 추수를 앞둔 벼가 쓰러질까 봐 걱정이 되어서 잠을 이루지 못하신 것이다.

고향을 떠나 도시생활을 한 지가 오십 년이 넘었는데도 어머니는 지금도 오직 농사 걱정이시다. 비가 오지 않으면 가뭄 걱정, 비가 많이 오면 홍수 걱정. 대학에 다니는 손자들 뒷바라지하기 위해 어머니는 한동안 서울에 계셨다. 내가 전화를 할 때마다 어머니는 집안일보다는 "올 농사 어쩌냐" 하고 물으시기 일쑤였다. 농사도 안 짓는데 웬 농사 걱정을 하시느냐고 짜증을 토하면 "농사가 잘되어사 세상이 편타. 농사가 어디 내 것 늬것이 따로 있다냐, 농사는 다 우리 것이제" 하셨다.

오래전의 일이었다. 아침에 집을 나간 어머니가 날이 어두워도 돌아오지 않아 난리가 났다. 파출소에 신고를 하고 친척집에 전화를 하는 등 백방으로 어머니의 행방을 찾았다. 어머니는 밤이 깊어서야 큰 보퉁이를 이고 들어오시는 것이었다. 보퉁이 속에는 보리 이삭이 가득 들어 있었다. 남평까지 가서 온종일 보리걷이를 한 논에서 이삭을 줍다가 날이 어두워지자 집까지 그 먼 길을 걸어오셨다는 것이었다. 나는 어머니에게 큰소리를 치며 화를 냈다.

어머니는 며칠 동안 이층 옥상에 보리 이삭을 말리고 방망이로 두들기거나 손으로 비벼 탈곡을 한 뒤에 빻아서 보리 미숫가루를 만드셨다. 어머니의 이삭줍기는 몇 년 동안 계속되었다. 봄에는 보리 이삭, 가을이면 벼 이삭을 주어 오기 마련이었다. 제발 그만두시라고 사정을 해 가며 말렸지만 소용이 없었다.

"이삭 줍는 것을 부끄러워허면 천벌을 받는 겨."

어머니는 오히려 나를 꾸짖으셨다. 이렇듯 어머니는 철저한 농사꾼이시다. 어머니는 지금도 한 가지 소원이 있다면 시골에 가서 농사를 짓고 싶다고 하신다. 손에 흙 주무르며 농사짓고 사는 것이 심신이 편하다고 하셨다. 어머니의 땅에 대한 강한 집념과 애착 앞에 저절로 고개가 숙여진다.

1977년 내 첫 창작집 『고향으로 가는 바람』 출판기념식 때의 일이다. 아내와 함께 외출에서 돌아와 보니 어머니는 출판기념회에 보내온 축하 화분에서 비싼 꽃나무를 모두 뽑아 버리고 그 자리에 가지와 고추 모종을 해놓은 것을 보고 놀랐다.

"꽃은 들이나 산에 가면 얼매든지 볼 수 있응께 화분에다는 고추나 까지 (가지)를 키와서 반찬 해묵으면 을매나 맛있겠냐."

어머니의 그 말씀에 아내와 나는 더 할 말이 없었다. 그것뿐 아니었다. 봄에는 손바닥만한 화단에 호박을 심어서 넝쿨을 이층으로 올렸다. 그 해 여름 우리 집은 온통 호박넝쿨 속에 휘감기게 되었다. 어머니에 있어서 집의 외관은 문제가 되지 않았다. 땅이 있으면 반듯이 곡식을 심고 잘 가꾸어 배불리 먹어야 하는 것이 당연하다고 여기신다. 그리고 곡식 한 알, 무 한 잎이라도 버려서는 안 된다고 믿고 계시고 이를 실천하신다. 지금도 어머니는 아파트 노인정 옆 공터에 채소를 심고 가꾸는 일을 큰 즐거움으로 알고 계신다. 아파트 주변 노점상을 돌아다니시며 길바닥에 버려진 무 뿌리를 줍고 무 잎 등 시래기 감을 주어다가 엮어서 베란다에 매달아 두신다. 그런가 하면 낡은 살림도구를 버리는 일이 없어 이사를 할 때마다 그 볼썽사나운 것들을 줄렁줄렁 달고 다니신다. 이런 어머니를 본 주위 사람들은 아직도 가난했을 때의 궁기가 몸에 배어 있다고 비아냥거리는 것을 나는 안다. 그러나 그것은 어머니의 궁기가 아니라 땅과 옛것을 사랑하는 농사꾼의 아름다운 천성이라고

전남 화순, 1987

생각한다.

어머니는 궁벽진 시골에서 농사꾼의 딸로 태어나셨으며, 열일곱에 두 살 아래인 구대 종손을 남편으로 맞아 농사꾼의 아내가 되었다. 시집와서 두 아들을 낳았으며 쉰하나에 남편을 잃고 혼자 되셨다. 젊었을 때의 어머니에 대한 기억은 잠시도 편히 앉아 쉬는 모습을 볼 수 없었다. 언제나 부엌과 마당과 밭에서 땀을 흘리며 꼼지락거리셨다. 어머니에게서는 화장 냄새 대신 시지근한 땀냄새가 진동했고, 입에서는 낮이고 밤이고 육자배기 사설 같은 푸념이 그치지 않았다.

어머니의 삶은 궁핍과 땀과 희생과 인종 그것이었다. 한창 젊은 시절에는 아버지한테 소박을 당해 눈물 대신 땀을 흘리는 것으로 외로움을 참으셨고, 중년에는 6·25를 당해 거렁뱅이가 되다시피 한 우리 가족의 목줄을 혼자 힘으로 지탱해 가셨다. 첩질이나 하면서 세월을 보내셨던 반거충이 아버지는 6·25를 당해 철저한 무능력자가 되었고 어머니가 아버지 대신 도부장수를 하면서 우리 식구들의 생계를 떠맡으셨다.

6·25 이후 십수 년간 계속된 궁핍의 고통 속에서도 우리 식구가 살아남을 수 있었던 것은 순전히 우리 어머니의 덕분이었던 것이다. 무겁기만 한 우리 식구들의 생명줄을 머리에 이시고 살아남기 위해 버둥거렸던 어머니의 모습은 내 가슴 속에 이 세상 그 무엇보다 더 강하고 아름다운 존재로 살아 있는 것이다.

나는 어머니의 삶을 통해서 땅에 대한 애착과 어머니라는 강한 존재의 의미를 알게 되었다. 어머니는 또 땅을 대하듯 사람들 앞에서는 버릇처럼 늘

겸손하게 허리를 구부리며 자신을 낮추었다. 나는 어머니에게서 나보다 약하고 가난한 사람들 앞에서 교만을 떨지 않아야 한다는 것을 배웠다.

삼십오 년 전쯤의 일이다. 그 무렵 만해도 냉장고가 귀한 시절이었다. 드물게 냉장고를 갖고 있는 집에서는 대부분 한옥의 경우 마루에 놓아두기 마련이었다. 그런데 어느 날 어머니께서는 갑자기 마루에 놓아둔 냉장고를 골방으로 치우라고 성화셨다. 그 무거운 것을 왜 하필이면 골방으로 옮겨야 하냐면서 나는 어머니의 명을 거역했다. 그러자 어머니께서는 화를 내시며 이불보로 냉장고를 덮어씌우고 그것도 부족하여 냉장고가 보이지 않도록 뒤주를 옮겨 가려 버리는 것이었다.

"오늘이 고조부님 제삿날인께 친척들이 올 것이 아니냐. 친척들 중에는 전셋집도 못 들고 사글셋방에서 사는 사람도 많은디, 보태 주도 못험시로, 저 비싼 냉장고를 자랑이나 허드끼 마루에 떠억 세워 놓으면 뭣이 좋겄냐. 가난한 친척들헌티 부끄러운 줄도 알아사제."

나는 그때서야 어머니가 이불보로 냉장고를 덮어씌운 이유를 알 수 있었다. 어머니한테 회초리로 종아리를 얻어맞은 것보다 더 부끄럽고 마음이 아렸다.

'사랑'이니 '희생'이니 하는 낱말을 문자로 표현할 줄 모르고, 또 생명과 땅에 대한 낱말의 깊은 의미에 대해서도 설명할 줄도 모르시는 어머니는 이렇듯 실천적 삶을 통하여 그 의미를 몸소 나에게 드러내 보이신 것인지도 모르겠다.

나는 지금까지 소설을 써 오면서 가능한 한 어머니의 정서와 가식 없는 어머니의 진실한 시각으로 세상을 바라보고 이야기 하려고 노력해 왔다. 비록 낫 놓고 기역자도 못 그리시는 무지렁이 농사꾼의 소박하고 본능적인 행위지만 그것이야말로 참으로 아름답고 진실하게 느껴졌기 때문이다.

엄니를 기다리며

외짝 사립문 훨쩍 열어놓고
눈 빠지게 엄니를 기다린다
게으른 봄날의 해는
오동나무 우듬지에 설핏하게 꽂혔는데
달님 앞세우고 싸묵싸묵 오시려나
젖 떨어진 아이처럼 배가 고파
눈도 뜰 수 없는데
산나물 캐러 가신 엄니는
왜 어태 안 오시나
산찔구 꺾다가 가시에 찔리셨나
송키 자르다가
호랑이 산감한테 붙잡히셨나
실가리 보리죽 한 사발 마시고
아침 일찍 까끔에 오른 엄니
허기져서 고사리처럼
자울자울 졸고 계시나

기다리는 엄니는 안 오시고
복사꽃잎만 돌담 위로
서럽게 흩날려 오네

어머니의 마음

"아그야, 안 바쁘면 냉큼 댕겨 가그라."

이슬아침, 잠에서 깨어나자마자 구십오 세 노모님의 다급한 전화다. 어머니는 손자를 다섯이나 둔 나를 아직도 "아그야" 하고 부르신다. 어머니 눈에는 내가 언제나 철없는 아이로만 보이는 모양이다. 목소리가 찌렁찌렁하시던 어머니가 이날따라 전 같지 않게 촉촉이 가라앉아 있었다. 혹시나 어디 불편하시지나 않은지 걱정이 되어, 부랴부랴 차를 몰고 한 시간을 달려 어머니에게로 갔다.

사흘 만에 만난 어머니는 얼굴에 희미하게나마 화색이 돌고 기력도 좋아 보여 마음이 놓였다. 언제나 그랬듯 어머니는 내가 소파에 앉자마자, 과일을 깎아 주시며 옆집 할머니 이야기며, 경로당에서 있었던 일들을 시시콜콜 입심 좋게 늘어놓으셨다. 나는 버릇처럼 관심을 보인 척하고 어머니 이야기를 경청했다. 그러나 어머니의 지루한 이야기는 좀처럼 끝이 나지 않았다.

"어머니, 무슨 일로 오라고 하셨어요?"

한 시간쯤 흘렀을까. 어머니의 이야기를 어느 정도 듣고 있다가 시계를 보며 물었다. 그러자 어머니는 보조부엌에서 오이며 가지·호박 등을 보자기에 싸들고 나오셨다.

"이것 갖고 가라고 전화했다."

나는 어처구니가 없어 피식 웃었다. 도시에 사시는 어머니가 농촌에서 살고 있는 내게 농산물 보따리를 내주시다니. 그렇지만 안 가지고 갈 수도 없었다. 얼마 전 어머니는 열무김치를 담아 주며 가지고 가라기에 그냥 두고 갔더니, 한동안 서운해 하셨다.

"어디 아프신 데는 없어요?"

"하이고 안 아픈 디가 없어야."

어머니는 그러면서 무릎도, 허리도, 머리도, 손가락 매듭도 온통 쑤시고 아프다면서 갑자기 거푸 앓는 소리를 쏟아냈다. 어린아이가 어머니한테 어린양을 떠는 것 같았다.

어머니께서 싸 주신 보퉁이를 차에 싣고 시골집으로 돌아오면서, 나는 어머니의 마음을 이해했다. 자식에게 무엇이든지 주고 싶어 한다는 것, 아무리 주어도 늘 부족하다고 생각하는 것이 어머니 마음이라는 것을. 시골에 살고 있기에 가지나 오이 정도는 충분히 심어 먹고도 남아돌 지경인데도, 또 그것을 모를 리 없는 어머니지만 철따라 농산물들을 사서 내게 주신다. 아마 어쩌면 아들을 오도록 하는 구실을 만들기 위해서일지도 모른다. 보고 싶고, 주고 싶은 어머니의 마음 때문이리라. 보고 싶은 마음이 더 크리라 생각한다.

나도 부모 입장에서 자식을 생각해 본다. 자식한테 받을 때보다는 줄 때가

전남 나주, 1990

더 행복하고 오달진 마음임을 부인할 수가 없다. 그리고 부모가 준 것이 비록 하찮은 것이라고 해도 자식이 고맙게 받을 때, 부모 마음이 넉넉해진다는 것을 알고 있다. 얼마 전 서울에서 아들 내외가 시골집에 왔을 때, 아내는 농약 한 줌 안 치고 가꾼 들깻잎이며 오이·고추·가지를 따 주었다. 며느리가 달갑게 받아서 자동차에 싣자 아내의 얼굴에 오달진 미소가 담뿍 흐르는 것을 보았다.

어머니에게는 자식이면서, 자식들에게는 부모 입장인 나는 가끔 어머니와 나를 비교해 본다. 자식을 향한 어머니 마음과 내 마음은 별로 다르지 않지만, 어머니를 향한 내 마음은 늘 부족해서 부끄럽다. '내리사랑'이라고 했던가. 사랑은 물처럼 아래로 흐른다는 말이다. 왜 사랑은 역류하지 못하고 아래로만 흐르는 것인가. 효와 사랑은 다르기 때문이라고 변명할 수 있겠는가.

어머니의 눈물

낭자머리에 구리비녀 꽂은
가난한 어머니
허위허위 구름재 넘어 오신다
지친 하루 흥건히 젖은 채 우산도 없이
통치마 말기끈 질끈 동여매고 오신다
맨발로 못자리판 고르다가
뼈 속까지 흠뻑 눈물에 젖었다

그리운 할머니

할아버지가 된 이 나이에도, 나는 할머니를 생각하면 응석받이 어린애로 되돌아가고 싶어진다. 내가 어린애가 되고 할머니가 살아 계시는 세상으로 되돌아갈 수 있다면 얼마나 좋을까. 지금도 할머니를 생각하면 가슴이 울컥해지면서 살을 에이듯 싸한 아픔을 느낀다. 초등학교에 들어갈 때까지 예쁜 감잎을 따서 침 발라 가며 내 똥고를 닦아 주셨던 할머니. 유년 시절 나는 밤마다 할머니의 젖을 만져야만 잠이 들곤 했다. 할머니의 시지근한 땀냄새가 꽃향기처럼 달콤했다. 학교에서 돌아오면 대문을 들어서면서 큰소리로 할머니부터 외쳐 부르곤 했었다. 하루라도 할머니가 집에 없으면 마음이 텅 빈 듯 허전하여 안절부절 못했다.

내 나이 열두 살 때 그런 할머니가 행방불명이 된 적이 있었다. 세상을 잃어버린 듯 나는 며칠 동안 밥도 안 먹고 울기만 했다. 6·25 때 일이니 아득한 옛날이야기다. 공비토벌작전이 한창이었던 때라, 무등산 뒷자락에 위치한 우리 마을에서는 밤낮을 가리지 않고 토벌대와 빨치산 사이에 치열한 전

110

투가 벌어졌다. 그날도 새벽부터 전투가 벌어졌다. 우리 가족은 총알을 피해 뿔뿔이 흩어져서, 대밭으로, 뒷산으로, 골짜기로, 숲정이로 달아났다. 나는 할머니를 살필 겨를도 없이 혼자 죽을힘을 다해 뒷산으로 뛰어올라갔다. 총알이 쏟아지면서 나뭇가지들이 툭툭 부러졌다. 앞서 뛰어가던 사람이 팔에 총을 맞은 것도 모르고 피를 흘리며 뛰어가기도 했다.

전투는 오후 늦게야 끝났고, 총소리가 백아산 쪽으로 멀어진 후에야 나는 어슬렁어슬렁 집으로 돌아왔다. 밤이 늦도록 할머니가 돌아오지 않았다. 그날부터 우리 가족은 며칠 동안 할머니를 찾아 산과 들을 샅샅이 뒤져 보았으나 할머니 모습은 찾을 수 없었다. 그로부터 일 년 후, 우리 가족은 화순 이서 진들이라는 마을로 소개를 나와 논바닥에 토굴을 파고 살았다. 아버지는 이질에 걸려 생사를 헤맸고, 어머니는 가족을 위해 품팔이를 다녀야만 했다. 그러던 어느 날, 할머니를 보았다는 사람을 만났다. 우리가 머물러 있는 진들에서 반나절 길도 안 되는 서촌이라는 마을에서 할머니를 보았다는 것이다. 그말을 들은 나는 혼자 서촌을 찾아갔다. 소문대로 할머니는 친정 조카뻘 되는 집에 병이 들어 운신도 못하고 앓아 누워 계시는 것이 아닌가. 몇 달째 몸져 누워 있던 할머니는 나를 보자 벌떡 일어나셨다. 나와 할머니는 힘껏 껴안은 채 떨어질 줄 모르고 소리 내어 울었다. 울음소리에 온 마을 사람들이 다 모였다. 할머니와의 다시 만남은 잃어버린 세상을 다시 찾은 것보다 더 큰 감격을 주었다.

"하이고, 내 갱아지 만났으니께 인자 죽어도 좋다."

할머니는 기동도 못하는 쇠진한 몸으로 당장 가족들한테 가겠다며 나섰

하회마을, 경북 안동, 1988

다. 할머니는 서너 발짝 걷다가 주저앉고, 내 두 팔을 잡고 간신히 일어나 비척비척 다시 걸었다. 산에는 진달래가 산불처럼 타오르고 꾀꼬리가 낭자하게 울어댔다. 할머니와 나는 꼬박 한나절을 걸어 토굴로 돌아왔다. 그 후 할머니는 곧 세상을 떴다.

돌이켜 보면 할머니는 나에게 있어서 사랑과 그리움의 원천이 된 것 같다. 삶이 고달플 때마다 나는 유년 시절로 되돌아가고 싶었다. 내가 절망에 빠져 주저앉고 싶을 때, 할머니는 애틋한 그리움의 힘으로 나를 붙잡아 일으켜 세워 주시곤 했다. 잃어버렸던 할머니를 다시 만나, 토굴집으로 돌아오던 그 길. 할머니와 동행했던 그 길을 생각하면 꿈길처럼 멀고도 아름답다. 할머니에 대한 그리움을 안고 지금 그 길을 다시 걷고 싶다. 할머니를 생각하며 시를 썼다.

할머니 생각

비데 달린 좌변기에 앉을 때마다
할머니 생각이 난다
내가 아장아장 걷기 시작해서
응가하고 싶다고 하면
할머니는 똥개 워리부터 부르셨다
워리가 똥고를 싹싹 핥고 난 뒤
내 가랑이 사이에 얼굴 처박고 킁킁거리면서
잘 익은 살구 냄새가 난다던 할머니

"밥은 넘 집에서 묵어도

똥은 꼭 집에 와서 싸사 쓴다 잉

사람은 똥을 묵어야 사는 겨"

할머니한테 똥은 밥이고 꽃이었다

워리는 내 똥을 먹고 살이 쪘다

혼자서도 똥통에 앉아 뒤를 보게 되었을 때

늙은 워리는 복날 저녁 우리 집 밥이었다

나는 내 똥을 먹고 자란 워리를 먹었다

똥은 복사꽃 필 때 퍼야 한다던 할머니는

복사꽃이 후루루 날리던 날

한 움큼 배내똥을 싸고 눈을 감으셨다

지금도 복사꽃 필 무렵이면

세상이 온통 황토빛 똥으로만 보인다

복사나무에 똥꽃이 흰 쌀밥처럼 피었다

무관심의 승리

한때 내가 살았던 아파트 라인에 두 명의 경비원이 있었다. 그들은 하루 걸러 교대근무를 했다. 두 사람 모두 꽤 오랫동안 붙박이로 우리 아파트에서 경비원 일을 해 왔다. 주민들은 그들의 이름은 물론 어디에서 어떻게 살고 있는지에 대해서는 별로 아는 바가 없었다. 우리 어머니께서는 오십대 초반의 체격이 통통한 안씨를 '안다니', 그보다 나이가 조금 많고 깡말라 보이는 최씨를 '모른다니'라고 부르셨다. 아파트 안에서 일어나는 크고 작은 일들에 대해서 모르는 것이 없을 만큼 정보에 밝다고 하여 '안다니', 무엇이든지 물어보면 무조건 모른다고 하여 '모른다니'라는 별명을 붙이신 것 같다.

'안다니'는 우리 통로 십오층 삼십 세대의 사사로운 정보에 매우 밝았다. 몇 호에 사는 남자는 어떤 일을 하고 있으며, 한 달 수입이 얼마쯤이고 몇 시에 출근하여 몇 시에 퇴근하는 것까지도 환히 알고 있다. 심지어는 누구와 친하고 부부의 금슬은 어느 정도이며 아이가 어느 학교 몇 학년이고 공부를 잘하는지 못하는지에 대해서도 정통했다.

그러나 '모른다니'는 주민들의 사생활에 대해서 별로 관심이 없어, 아무런 정보도 갖고 있지 않은 듯했다. "우리 애 학교에서 돌아왔어요?"라고 물을라 치면 "글쎄요, 잘 모르겠는데요. 아까 돌아온 것도 같고 아직 안 돌아온 것도 같고…" 하며 애매한 대답을 하게 마련이다. 그래서 주민들은 '모른다니'에 게 물어보는 일이 별로 없었다.

또한 '안다니' 경비원은 성격이 낫낫하여 붙임성이 좋을 뿐만 아니라, 노인들에게 친절한 편이었다. 그는 노인들이 무거운 짐을 들고 오는 것을 보면 부리나케 달려 나와 성큼 받아서 엘리베이터에 실어 주곤 했다. 그래서 노인들한테 인기가 많았다.

"안다니는 참말로 좋은 사람이여. 명절 때는 잊지 말고 술값이라도 좀 주어라. 그 사람 내가 쓰레기 가지고 나가면 우루루 달려와서 덥석 받아 준다니께."

어머니는 그가 어른을 공경할 줄 안다면서 늘 칭찬을 아끼지 않으셨다.

그런 '안다니'와는 대조적으로 '모른다니'는 워낙 말수가 적은데다가 언제나 표정이 뚱했고, 노인들한테도 별로 친절하게 대하지 않은 듯했다. 그는 주민들이 쓰레기를 분리하지 않거나, 전면주차를 하지 않을 때에는 모른 척 지나치지 않고 시시콜콜 지적하는 것을 잊지 않았다. 그래서 주민들은 쓰레기를 버릴 때도 은근히 그의 눈치를 살피는 편이었다.

그 무렵 아파트 입주자회의에서 관리비 절약을 위해 경비원을 한 명으로 줄이기로 했다. 주민들이 투표를 해서 득표를 많이 하는 사람을 남게 하기로 했다. 투표 날이 결정되자 '안다니'는 더욱 유별나게 주민들에게 친절을 베풀었다. 하루에도 몇 번씩, 볼 때마다 넙죽넙죽 인사를 했다. 그러나 '모른다니'는 조금도 태도가 달라지지 않았다. 여전히 무표정한 얼굴이었으며 분리수거와 전면주차 이행을 따지고 들었다. 주민들 대부분은 투표해 볼 필요도 없이 인기 없는 '모른다니'가 그만두게 될 것이라고 믿었다. 그런데 투표결과는 뜻밖이었다. 예상과는 달리 '모른다니'가 압도적인 득표를 했고 '안다니'는 그만두게 되었다. 우리 어머니께서는 투표가 잘못되었다면서 몹시 언짢아하셨다.

다음 날 아침 나는 엘리베이터에서 앞집 새댁한테 넌지시 투표결과에 대해 물어보았다.

"젊은 아저씨는 주민들 사생활에 너무 관심이 많잖아요. 그런 사람은 무서워요. 누구나 자기네 사생활을 많이 알고 있는 사람은 싫어하거든요."

새댁의 말을 듣고서야 나는 '모른다니'가 많은 표를 얻게 된 까닭을 알게 되었다. 익명의 사회에 살고 있는 사람들은 대부분 자기의 정보가 밖으로 새어나가는 것을 원하지 않고 있다는 것을. 어쩌면 디지털 시대에 살고 있는 현대인들은 캡슐화된 공간에서 자기만의 성을 쌓고 살기를 원하는 것인지도 모를 일이다. 친절이나 예절보다는 차라리 무관심의 자유로움을 중요하게 생각하는 것인지도. 단절감은 참을 수 있어도 타인이 내 삶을 들여다보는 것을 원치 않는다는 것이다. 나는 우리 아파트 경비원 투표결과에 많은 것을 생각할 수 있었으며, 오랫동안 씁쓸한 기분을 떨쳐 버릴 수가 없었다.

계절의 색깔을 보며

어느덧 가을이 가고 겨울이 오고 있다. 화순 안양산 휴양림 앞길을 오가면서, 문득 계절의 변화를 색깔로 표현하고 싶어졌다. 봄이 생명의 빛깔인 초록빛이라면 여름은 이글거리는 태양을 닮은 붉은 색깔이라고 할 수 있다. 그렇다면 가을은 어떤 색깔로 표현해야 좋을까. 단풍을 닮은 주황색이라고 할까, 황금빛 은행잎과 같은 노랑이라 할까. 가을에는 코스모스를 비롯해서 구절초·산국·용담에서 갈대에 이르기까지 여러 가지 색깔의 꽃이 핀다. 오색으로 수놓은 단풍, 붉게 익은 감, 지붕 위의 선홍빛 고추 등, 빛깔의 화려함으로 비교한다면 가을을 당할 계절이 또 있을까. 얼핏 보면 새싹이 돋고 산야에 오만 가지 꽃들이 흐드러진 봄이나, 태양이 작열하는 여름의 빛깔이 화려한 것 같지만, 가을의 빛깔이야말로 폐경기 여인의 발악적인 화장과 옷차림처럼 사치스럽기까지 하다.

지금 가을이 그 화려했던 치장을 지우고 차가운 색깔의 시간 속으로 접어들고 있다. 그런가 하면 지난 시간의 그 화려함 속에는 아쉬움과 적막함이 숨겨져 있는 듯하다. 하얗게 텅 빈 적막감. 그래서 동양철학에서는 가을을 백색이라 했는지도 모른다. 동양의 오행설에 근거하여 계절을 오방색으로 나타내면 봄은 동쪽으로 청색, 여름은 남쪽으로 적색, 가을은 서쪽으로 백색, 겨울은 북으로 검정, 중앙은 황색이다.

가을을 백색으로 표현한 것은 철학적 의미가 있는 것도 같다. 가을은 이별, 외로움의 계절이라고 한다. 나무가 낙엽을 떨어뜨리고 앙상한 나목이 되어 찬 겨울을 맞을 준비를 하듯, 사람도 버릴 것은 버리고 모든 집착에서 벗어나 이승을 떠날 채비를 하라고 가르치는 것 같다. 황금빛으로 출렁인 은행잎이 어느 날 아침, 와르르 돌담이 무너지듯 한꺼번에 옴씰하게 한줌의 미련도 없이 잎을 떨어뜨려 버리는 처절하리만큼 결연한 버림이라니. 그 의연함이 존경스럽기까지 하다. 지금 자연은 일 년 동안 간직했던 소중한 것들을 송두리째 털어내고 있다. 그것을 보면서 사람들은 많은 것을 느끼고 배운다. 자연은 인간을 가르치는 가장 위대한 스승이다.

가을이 퇴락의 계절이라면 겨울은 소멸과 인내, 그리고 혹독한 기다림의 계절이다. 그래서 겨울의 빛깔이 검정일까. 겨울은 현(玄)의 색깔이다. 흰 눈이 내려서 세상을 하얗게 덮는 겨울을 왜 검은 색깔이라고 했을까. 현의 색깔이 갖고 있는 의미는 허무이며 끝없음, 즉 가뭇없음이다. 가뭇없음은 눈에 띄지 않고 간 곳을 알 수 없고 소식이나 흔적이 없다는 뜻이다. 천지현황 (天地玄黃), 하늘은 검고 땅은 누르다고 했다. 현은 곧 하늘의 빛깔이다. 끝이 없는 하늘에서 내려다본 이 세상도 현의 빛깔이다. 우주 삼라만상의 총체적 빛깔은 결국 현의 빛깔인 것이다. 그래서 죽음과도 같이 추위에 얼어붙은 겨울

백양사 계곡, 전남 장성, 1998

은 검은 빛깔이다.

어느덧 또 한 해의 끝자락이 다가오고 있는 우리는 지금 백색을 지나 검은 빛의 한가운데에 있다. 세속적인 욕심으로 가득 찬 마음을 하얗게 비우고, 죽음과 같은 고통을 참으며, 사라져 간 시간들을 아쉬워할 때이다. 그리고 생명의 상징인 초록의 계절을 기다리며 인내와 고통을 배우는 시간이다. 기다림의 시간 속에서는 지나간 시간에 대한 추억을 떠올리게 마련이다. 생각해 보면 진정 그리운 것들은 등 뒤에 있다. 지금은 사라져 간 것들까지도 사랑하고 싶은 시간이다. 사라져 간 모든 것들은 아름다운 추억이 되기 때문에. 비록 우리를 울렸던 슬픈 기억들까지도 아름다운 과거가 되고 우리 인생을 장식하는 또 하나의 매듭이 되기 때문이다.

이제 지나간 어둠의 시간들은 과거의 무덤 속에 묻어 두고 희망의 새 출발을 기약하기 위해 마음을 가다듬을 때이다. 고통의 계절이 가면 생명의 계절이 오듯, 인생은 끝없는 순환의 사이클이 계속될 뿐이다. 이 엄숙하고 순결한 자연의 법칙 앞에 인간은 경건한 마음으로 시간의 흐름을 받아들여야 한다. 이것이야말로 자연스러운 삶인 것이다. 그래서 동양에서는 이상적 삶의 목표를 인간이 하늘과 자연과 더불어 하나가 되는 것이라고 했다.

사람의 하늘과 땅

"할아버지, 하나님은 남자야 여자야?"

지난주에 시골 우리 집에 온 초등학교 이학년짜리 손자 녀석이 내게 불쑥 물었다. 나는 쉽게 대답을 못하고 잠시 망설였다. 하느님은 남성성의 존재인가 여성성의 존재인가 분명하게 확신이 서지 않았기 때문이다. 그리고 이 대답은 다분히 철학적이고 종교적 의미를 갖고 있기 때문에 신중을 기해야 할 것 같아서다.

"뜬금없이 그건 왜 묻는 게냐?"

곧 대답을 못한 나는 잠시라도 생각할 여유를 갖기 위해 궁색한 반문을 할 수밖에 없었다.

"여자 친구를 따라서 교회에 갔었는데, 어른들이 기도할 때 '하나님 우리 아버지' 하지 않겠어요? 그런데 여자 친구가 왜 하나님은 여자가 아니고 남자냐고 내게 묻더라고요."

그때서야 나는 손자 녀석이 내게 그런 질문을 하게 된 연유를 알게 되었다.

과연 하늘은 남성성인가 여성성인가.

우리는 남성성은 강하고 권위적이며 두려운 존재이고, 여성성은 부드럽고 평화적이며 자애로움을 가진 모성적 존재로 생각하고 있다. 하늘은 벼락을 치고 폭우와 폭설을 내려서 인간의 생명과 재산을 앗아가기도 한다. 분명 어둠을 내려 주는 하늘은 두려움의 존재로 생각하기 쉽다. 물론 땅도 지진을 일으켜 한꺼번에 수많은 생명을 빼앗기도 하지만 하늘에 비해 두려움의 비중은 약하다. 그렇다고 하늘이 꼭 두려움의 존재만은 아닌 듯하다. 하늘에 있는 태양은 따뜻한 빛을 내리쪼여 얼어붙은 땅을 녹여 주고 땅에서 자라나는 동물과 식물들이 살아갈 수 있게 도와주지 않는가. 그리고 밤에는 밝고 포근한 달빛으로 어둠을 밝혀 주기도 한다. 만약 하늘이 없으면 땅 위의 모든 생물들은 그 생명을 유지할 수가 없게 되는 것이니, 따지고 보면 하늘은 분명 모성성의 부드러움과 자애로움의 속성을 가지고 있는 것이 분명하다.

우리는 하늘은 남성, 땅은 여성이라는 고정관념을 버리지 못하고 있다. 여전히 남성은 강하며 파괴적이고 두려운 존재로 받아들여지고 있는 것이 사실이다. 그래서 최근 여성 환경운동가들은 지금까지 지구를 파괴한 것은 남성이니 이제부터 병든 지구를 복원하고 치유할 수 있는 것은 여성의 모성성만이 가능하다고 주장하기도 한다. 그러나 남성이라고 해서 모두 강하고 파괴적인 것만은 아니다.

몇 년 전에 읽은 천운영의 「바늘」이라는 단편소설이 생각난다. 전쟁이 끝나고 평화시대가 되자 남성들은 모두 약한 존재가 되고 말았다. 강한 남성성은 전쟁기념관에 박제화되어 버린 것이다. 그래서 여자 화자는 강한 남성성을 회복시켜 주기 위해 남자들의 몸에 호랑이나 칼 등을 문신해 준다는 이야기다.

군이 천운영의 「바늘」을 예로 들지 않아도, 지금 남성들은 고개 숙인 지가 오래되었고, 이제는 나약해질 대로 나약해지고 말았다. 어쩌면 이 시대의 남성들은 폭력성과 강한 권위를 던지고 여성의 모성애를 닮고 싶어 하는 것인지도 모른다. 이념의 갈등도 전쟁도 없는 이 시대에는 강함보다는 부드러움이, 폭력보다는 평화가 더 아름다운 삶의 진정한 가치라는 것을 알고 있기 때문이다.

"하느님은 남자도 여자도 아니란다. 남자와 여자를 합친 것이 하늘이다. 그러니 하느님 어버이라고 하는 것이 좋겠구나."

한참 동안 생각 끝에 대답을 해주었으나 내 말을 이해할 수 없다는 듯 손자는 여전히 고개를 갸웃거렸다.

전남 화순, 1989

가축도 사랑을 안다

내가 도시에 살 때, 시골에 사는 친지를 만나 하룻밤 묵고 가라고 할라치면, 가축들 때문에 내려가야 한다면서 한사코 사양하곤 했던 기억이 난다. 그때마다 나는 가축 때문에 집을 비울 수 없다는 말이 이해가 되지 않았다. 필시 나와 같이 있기가 싫어서 핑계를 대거니 싶었다. 그런데 내가 요즘 가축들 때문에 하루도 집을 비울 수가 없게 되었다. 얼마 전 서울 아들집에 갔을 때, 손녀 지영이와 손자 준철이가 매달리며 하루 쉬어 가라고 간곡히 붙잡았지만 끝내 뿌리치고 내려오고 말았다. 역시 집에서 기르는 개와 닭들 때문이다.

아내와 나는 어렸을 때 개에 물린 경험이 있어 개를 기르는 것을 별로 좋아하지 않았다. 그런데 시골로 내려오자 집이 산밑 한갓진 곳에 자리를 잡은 데다, 멧돼지 등 산짐승들이 자주 내려와 개를 기르기로 했다. 어렵게 아내를 설득하여 지난해 겨울 남원까지 가서 눈처럼 털빛이 하얀 아키다 강아지 한 쌍을 얻어 왔다. 수놈은 '설국'이, 암놈은 '설봉'이라는 이름을 붙여 주었다.

빨간 지붕의 개집을 마련해 주고 정성껏 키웠다. 광주 가축병원까지 자동차에 싣고 다니며 예방주사도 맞히고, 비싼 강아지용 사료도 열심히 사서 먹였다. 평소에 개를 싫어하던 아내도 강아지에게 정을 붙여, 갓난아기 돌보듯 정성을 다했다. 한 달쯤 후에, 이웃에서 흰색 강아지 한 마리를 더 얻어와 세 마리가 되었다. 늦게 왔다고 해서 '말봉'이라는 이름을 붙여 주었다. 강아지 세 마리가 자라면서 우리 집은 언제나 시끌벅적했다. 적적하지 않았다. 다섯 달쯤 되자 중개가 되었고, 한꺼번에 세 마리가 짖어대면 온통 집 안이 들썩이는 것 같았다. 밤이 되어도 든든했다. 우리 내외가 외출했다가 들어오면 개들은 서로 시샘하며 반갑게 맞아 주었다. 모두 영리해서 자동차 소리만 듣고도 주인이 온 것을 알았다.

지난봄, 막내 말봉이가 장염에 걸려 죽고 말았다. 죽기 하루 전 말봉이는 나를 보며 눈물을 흘렸다. 말봉이를 마당 구석 감나무 밑에 묻어 주고 나서 한동안 기분이 울적했다. 아내도 그새 정이 든 터라, 말봉이의 죽음을 못내 슬퍼했다. 우리는 넉 달 동안 말봉이와 함께 살아왔던 추억을 떠올리며 슬픔을 달랬다. 나는 말봉이의 빈자리를 메우기 위해 진돗개 강아지 한 마리를 구해 왔다. 진도에서 와서 이름이 '진국'이다. 설국이 설봉이 자랄 때와는 달리 이놈은 영악하리만큼 눈치가 빠르다. 하룻강아지 범 무서운 줄 모른다더니, 이놈은 겁도 없이 혼자 산으로 들로 마음껏 뛰어다닌다. 요즘 우리 내외는 진국이 재롱을 보며 말봉이를 잃은 슬픔을 잊어가고 있다.

얼마 전에는 토종닭 일곱 마리를 분양받았다. 아내와 나는 세 마리의 개와 일곱 마리의 토종닭을 기르면서 동물에 대한 특별한 애착을 배우고 있다. 아

전남 화순, 2003

침저녁으로 사료와 물을 주고, 하루하루 무사하게 자라는 것을 보면서 생명에 대한 존엄성도 알아가고 있다. 이제는 가축들이 식구처럼 느껴진다. 동물도 사람처럼 질투와 사랑을 느낄 줄 안다는 것을 알게 되었다.

"앞으로 우리가 집에서 기른 닭은 절대로 잡아먹지 맙시다. 사랑으로 기른 닭을 어떻게 잡아먹을 수가 있어요. 우리가 키운 닭들한테서 계란을 얻어먹는 것만도 고맙게 생각합시다."

닭 모이를 주고 나온 아내가 이제 닭들이 주인을 알아본다고 했다. 나도 같은 생각이다.

요즘에 아내와 나는 여섯 시에 일어나서 세 마리의 개들과 함께 뒷산에 오른다. 설국이 설봉이를 앞세우고 산에 오르면 마음이 든든하다. 이제 두 달밖에 안 된 진국이도 종종걸음으로 형들을 잘 따라다닌다.

어느새 여섯 시가 되었는지 설국이 설봉이가 산에 가자고 칭얼대기 시작한다. 아내와 나는 서둘러 산에 오를 준비를 한다.

꽃과 아이들

지난 주말 오랜만에 서울에서 외손자들이 '생오지' 우리 집에 왔다. 책 읽기를 좋아해 장차 작가가 되고 싶다는 초등학교 오학년 재훈이와, 아직은 되고 싶은 것이 없고 그저 노는 것이 마냥 좋다는 초등학교 일학년짜리 재엽이. 두 아이들은 우리 집에 도착하자마자 안방으로 들어가더니 나오지 않았다. 이 푸르고 화창한 봄날, 밖에 나와 뛰어놀지 않고 방구석에 처박혀 무엇을 하느냐고 큰소리를 쳐 보았지만 좀처럼 얼굴을 내밀지 않았다. 방에 들어가 보았더니 게임에 열중하고 있는 것이 아닌가.

나는 시골에 와서까지 게임기에 몰입해 있는 아이들이 너무도 안타까웠다. 늦은 봄 오월의 시골은 온통 눈부신 초록의 세상이다. 신록과 함께 함박꽃이며 장미·철쭉·민들레·자운영 등 여기저기 꽃들이 반발하고, 꿩이며 때까치 등 갖가지 새들이 노래하며 집 주위로 분주히 날아들고 있다. 나는 오랜만에 시골에 온 손자들이 자연 속에서 맘껏 뛰어놀기를 바랐다. 콘크리트 숲으로 둘러싸인 황량한 도시의 매연 속에서 공부에 지쳐 있는 아이들이 자연과 친해지면 정서적으로 얼마나 건강할까 싶어서다.

　나와 아내는 손자들이 마음 놓고 뛰어놀 수 있도록 사백 평 남짓 되는 잔디밭도 말끔하게 다듬어 놓았었다. 우리 내외는 손자들이 마음 놓고 뛰어놀 수 있게 하기 위해서 제초제도 뿌리지 않고 허리가 휘도록 손수 풀을 뽑고 잔디를 깎았다. 잔디밭에서 축구를 하고 놀라고 공도 사 두었다. 우리 내외는 잔디에 풀을 뽑고 물고기를 잡아 연못에 넣으면서 손자들이 잔디밭에서 뛰어놀고, 연못에서 개구리와 물고기를 잡는 장면을 상상하며 웃음을 잃지 않았었다. 그런데 기대했던 것과는 달리 아이들은 게임에만 매달려 있는 게 아닌가. 제발 밖에 나가서 놀라고 소리치면 잠시 밖에 나가 잠깐 강아지들과 놀다가도 어느새 다시 슬그머니 방으로 들어와 게임에 열중하고 있었다.

　나는 재훈이한테 시골에 왔으면 풀이름, 나무이름 하나라도 배우고, 고추 모종도 하고 상추도 뜯고 하면서 자연과 친해지고 가면 얼마나 좋겠느냐고 말했다. 그랬더니 "할아버지 저는 지금 게임으로 그동안 엄청 쌓인 스트레스를 푸는 거랍니다"라고 하지 않겠는가. 어린애가 무슨 스트레스냐고 물었더니, 학교에서 학원으로 하루 이십사 시간이 부족할 정도로 쫓기다 보니 머리가 지끈거리도록 스트레스가 쌓인다고 했다. 우리 아이들이 스트레스 때문에 게임에 몰두해 있단다.

　지금 우리 아이들은 모두가 게임에 미쳐 있다. 한국은 어린이 게임천국이 되었다. 게임을 하지 않으면 친구들끼리 대화도 통하지 않는다고 한다. 그리고 오십만 원대 이상 고가의 게임기를 갖기를 원하며 값싼 게임기를 가진 아이들과는 같이 놀려고 하지도 않는다고 한다. 어쩌다가 우리 아이들이 이렇

자운영 꽃밭, 전남 화순, 2004

게 되었는지 모르겠다. 어른들이 아이들을 학교 공부도 부족하여 학원으로 내몰아 공부벌레로 만들더니, 이제는 게임 벌레로 만들어 놓고 만 것이다.

아이들이 이렇듯 게임 벌레가 된 것은 그들의 각박한 현실로부터 탈출하여 가상놀이 세계로 몰입하고자 하는 욕구 때문일 것이다. 왜 어른들은 우리 아이들이 자유롭게 뛰어놀 수 있게 하지 않고, 부모의 천박한 욕심 때문에 각박한 현실의 울타리 속에 가두려고만 하는 것일까.

내가 어렸을 때는 정오쯤에 학교에서 파하면 사 킬로미터쯤 되는 거리인데도 해찰을 하며 노느라, 해가 설핏해서야 집에 돌아오곤 했다. 돌아오는 길에 멱도 감고 고기도 잡고 꽃도 따먹으면서 자연과 함께 어울렸다. 자연이 친구였고 놀이기구였다. 내 어린 시절은 자연과 더불어 하나가 되었다. 그 때문에 소설가가 되었는지도 모른다. 그런데 요즘 아이들은 자연과 친해질 기회가 없어 정서적으로 메마르다. 정서가 메마르니까 너무 계산적이고 이기적이기 마련이다. 우리 아이들의 앞날이 참으로 걱정된다.

준철이

네 살배기 우리 십이대 종손
생오지에 왔다 간 후로
전화할 때마다
잠자리 잘 있어요?
메뚜기도 잘 있어요?
잠자리가 나 기다려요?

다급하게 묻는다
할아버지 할머니보다
잠자리 안부가 더 궁금한 아이
그 마음 그대로 자란다면
나는 죽어 잠자리가 되어
네 곁을 맴돌고 싶구나

〈화려한 휴가〉와 소년

영화 〈화려한 휴가〉가 화제를 모으고 있다. 광주뿐만 아니라 다른 지역에서도 크게 관심을 모으고 있다고 한다. 5·18 광주항쟁을 소재로 한 영화라서 성공을 기대하지 않았다. 그러나 결과는 의외였다. 무엇 때문에 이 영화가 우리에게 새로운 충격과 감동으로 다가오는 것일까.

나는 이 영화를 보고 솟구치는 분노와 슬픔을 함께 느꼈다. '이 영화는 실제 사건을 극화한 것입니다'라는 자막이 올라갈 때부터 무엇인가 울컥 목울대에 뜨겁게 솟구치는 것이 있었다. 〈화려한 휴가〉는 이십칠 년 전의 아픈 기억을 충격적으로 환기시키기에 앞서, 우리에게 새로운 각오를 다짐하게 하였다. 광주 사람들에게 〈화려한 휴가〉는 단순히 영화가 아니라 살아남은 자로서의 역사적 책임을 묻게 하고 있는 것이다. 이 영화를 통해 5·18의 상처뿐만 아니라, 지나간 우리의 삶을 되돌아보고 무엇이 잘못인가를 반성케 하고 있다.

〈화려한 휴가〉는 지금까지 5·18을 소재로 만든 〈꽃잎〉이나 〈박하사탕〉이

준 느낌과는 전혀 다른 분위기로 다가왔다. 지금까지의 5·18 영화가 작품성에 비중을 두어 추상적이고 간접적 접근이었다면 〈화려한 휴가〉는 실체적 진실을 직접화법으로 그려졌기 때문에 훨씬 충격적이고 그 울림이 강하다.

5월 21일, 정오를 알리는 애국가 소리에 맞춰 계엄군의 총부리에서 시민들을 향해 실탄을 발사하는 장면에서는 비명을 지르고 싶을 만큼 전율을 느꼈다. 그리고 27일 도청에서의 마지막 밤, 새벽의 어둠을 찢는 듯한 가두방송의 애절한 목소리가 극장을 나온 후에까지도 오래도록 귓전에 맴돌았다.

"시민 여러분, 지금 계엄군이 광주 시내로 쳐들어오고 있습니다. 사랑하는 우리 형제자매들이 계엄군의 총칼에 숨져 가고 있습니다. 우리 모두 계엄군과 끝까지 싸웁시다. 우리는 광주를 사수할 것입니다. 우리를 잊지 말아 주십시오."

광주 사람들이라면 그날 새벽의 처절했던 그 목소리를 잊을 수가 없을 것이다.

〈화려한 휴가〉의 마지막 장면은 〈님을 위한 행진곡〉 노래가 장식하고 있다. 영화를 관람하던 관객들도 "앞서서 나가니 산 자여 따르라…"며 뭉클한 감동으로 이 노래를 함께 따라 불렀다. 영화가 끝나고 불이 켜지자 관객들은 여기저기서 눈물을 훔쳤다. 그리고 너무 마음이 무겁게 가라앉아 한동안 자리에서 일어나지 못했다.

영화를 보고 난 나는 소년 시민군이 떠올랐다. 우리 집 옥상에서 밤새도록 깜깜한 하늘을 향해 총을 쏘아 댔던 겁이 많고 앳되어 보인 소년 시민군을 나는 잊을 수가 없다. 내가 옥상에 올라가서 잠 좀 자게 총을 그만 쏘라고 하자,

5·18 묘역, 전남 광주 망월동, 1984

열대여섯 살쯤 되어 보이는 시민군은 "총이라도 쏴 대야지 무서워서 견딜 수가 없어요"라고 말했다. 나는 그에게 할 말이 없었다. 얼마나 두려웠으면 어둠을 향해 총을 쏘아 댔을까 생각하니, 총을 쏘지 말라고 한 내 자신이 부끄러웠다. 27일 밤, 소년은 손전등을 빌려 달라고 했다. 살아나면 꼭 돌려주겠다던 그는 다시 오지 않았다. 힘겹게 총을 메고 어둠 속으로 사라진 소년군의 작은 모습을 나는 잊을 수가 없다. 그를 생각하면 가슴이 아프고 내 자신이 한없이 부끄럽다.

〈화려한 휴가〉의 영화에서 나는 그 소년 시민군을 이십칠 년 만에 다시 볼 수가 있었다. 이십칠 년이 지났지만 그는 여전히 앳되고 겁 많아 보이는 소년으로 머물러 있었다. 〈화려한 휴가〉 영화 한 편이 5·18의 전국화에 엄청난 도움이 되고 있다. 이 영화가 갖고 있는 진실의 힘은 광주는 물론 서울·경기·경상도의 벽을 넘어 제주도까지 화제가 되고 있다. 뿐만 아니라 5·18 체험 세대들에게는 이십칠 년 전에 겪었던 역사의 진정성을 다시 한 번 일깨우게 하였고, 미체험 세대들에게는 그날의 진실을 알려준 교육적 효과를 가져올 수 있게 되었다. 이 때문에 〈화려한 휴가〉 상영 이후 망월동 5·18 묘지 참배객이 눈에 띄게 늘었다고 한다.

5·18 상처는 광주 사람들에게만 해당되는 것은 아니다. 민주주의를 갈망했던 이 땅의 모든 사람들에게 고통을 주었다. 특히 광주 인접지역 화순 사람들에게도 고통과 상처를 주었다. 이번 기회에 우리 지역 사람들은 이 영화를 통해 5·18의 아픈 기억을 다시 한 번 환기시킬 필요가 있다. 아픈 역사는 결코 쉽게 잊어서는 안 되기 때문이다. 역사의 상처를 딛고 일어서기 위해서

는 그 상처를 우리 것으로 안아야 한다. 이 영화를 계기로 우리는 5·18 광주 항쟁의 역사적 의미를 재인식하고 민주주의를 위해 숨겨 간 열사들 앞에 경건한 마음으로 옷깃을 여며야 한다. 영화를 감상하고 눈물 흘리는 것으로 끝나서는 안 된다.

운명의 길

그때 내가 가출을 하지 않았더라면 지금의 나는 존재하지 않을 것이다. 무지렁이 농사꾼이 되었거나 노동으로 골병이 들어 오래전에 죽었을지도 모른다.

내 나이 열네 살, 가정이 어려워 학업을 중단하고 무등산 뒷자락 산골에서 농사를 짓고 있을 때였다. 책이 너무 읽고 싶어서 계란 한 줄을 훔쳐 삼십 리 산길을 넘어 방석부장으로 갔다.

그때 국밥집 앞에 이야기책들을 늘어놓고 파는, 벙거지 모자 늙은 좌판 주인이 나를 어찌 보았는지, 돈이 없어도 공부를 계속할 수 있는 길을 알려 주었다. 광주에 가면 말을 키우는 일을 하면서 공부를 할 수 있는 중학교가 있다는 것이었다.

봄날, 뒷산에서 퇴비용 풀짐을 지고 가파른 산길을 내려오던 나는 지게를 진 채 넘어지고 말았다. 몇 바퀴 굴러 가까스로 일어나 퍼질러 앉은 나는 내동댕이쳐진 풀짐을 내려다보며 울고 있었다. 참담한 현실에서 벗어나려면 가출을 하는 수밖에 없다고 생각했다.

　결국 나는 부모님 몰래 산판 트럭을 타고 광주 응세중학교를 찾아갔다. 허름한 판잣집 교실과 황량한 운동장에 말 몇 마리가 풀을 뜯고 있는 정경이 영락없이 목장 같았다. 초등학교 졸업장이 필요하다고 해서 맥이 풀린 나는 무작정 도시를 걷다가 광주공원까지 가게 되었다.

　공원 다리 밑에는 나와 행색이 비슷한 내 또래의 거지 아이들이 웅게웅게 모여 있었다. 나는 그들이 오히려 부러웠다. 다시는 집에 돌아가고 싶지 않았다. 집에 돌아가지 않으려면 다리 밑 아이들과 한무리가 되던가, 아니면 초등학교 졸업장을 얻기 위해 다시 학교에 다녀야만 했다.

　나는 한참을 고민하다가 공원에서 가까운 광주 학강초등학교 교장실로 쳐들어가서 편입해 달라고 떼를 썼고, 책걸상 값을 내고 들어오라는 승낙을 받았다. 그 후 나는 친척집에 더부살이를 하면서 초등학교를 졸업했고 학업을 계속할 수 있었다.

　가출은 내 인생을 결정짓는 운명적인 선택이었다. 열네 살의 가출은 내가 농사꾼이 되느냐 작가가 되느냐 하는, 내 인생에서 가장 중요한 선택이었던 것이다. 인생은 분명 용기를 내어 도전해 볼 가치가 있다. 도전은 절망을 희망으로 바꾸어 주기 때문이다.

내 생애 가장 맛난 음식

먹을 것이 풍부해진 요즘, 끼니때가 되면 무엇을 먹을까 걱정하는 사람들이 많다고 한다. 뿐만 아니라 식도락가들이 늘어, 맛난 음식을 찾아 전국을 돌아다니는 '음식여행'에 사람들이 몰린다는 이야기도 들었다. 궁핍했던 시절, 굶주리며 살아온 나로서는 입맛 사치가 그리 달갑게 여겨지지가 않는다. 하기야 나도 밥맛이 없을 때는 외식을 즐기는 편이다. 특히 여름철에는 입맛을 돋울 먹을거리가 없을까 하고 먹을 만한 음식들을 떠올려 보기도 한다. 그러나 나이가 들면서부터는 딱히 먹고 싶은 것이 별로 없다.

오늘 점심때도 아내는 반찬을 만들기가 귀찮다면서 외식을 하자고 하여 무엇을 먹을까, 머릿속을 굴려 보았다. 우리 집에서 가까운 곳에 제법 먹을 만한 식당들이 있기는 하지만 별로 입맛이 당기지는 않았다. 반찬 가짓수만 셀 수 없을 정도로 많은 한식도 그렇고, 우연히 주방을 기웃거리다가 국자로 미원을 듬뿍 떠 넣는 것을 본 후로는 국밥도 싫어졌다. 나는 갑자기 옛날 우리 어머니가 해주신 쑥개떡이 먹고 싶었지만 아내가 어머니의 개떡 맛을 낼

수도 없을 것이므로 포기했다.

　나는 잠시, 지금까지 내가 살아온 동안 가장 맛있게 먹었던 음식이 무엇이었던가 기억을 더듬어 보았다. 기억 속에서 한 그릇의 뜨거운 쌀밥이 떠올랐다. 6·25 직후 피난 시절이었으니, 내 나이 열세 살 때였다. 내 고향이 공비토벌 작전지역이 되어, 어쩔 수 없이 소개(疏開)를 당해 광주로 나온 우리 식구는 굶주리다시피 살았다. 두부공장에서 비지를 구해 오거나 가까운 주조장에서 재강(술찌끼)을 얻어와 연명하던 때였다. 오랫동안 곡기를 못해 부황이 들어 얼굴은 누렇게 뜨고 헛배가 불러 숨까지 헐떡거렸다.

　어머니는 내 모습이 너무 안타까웠는지 어느 날 나를 데리고 집을 나섰다. 광주를 출발한 모자는 육십 리 길을 터덜터덜 걸어, 담양 금성산 근처에 있는 이모네 집까지 갔다. 이른 아침에 출발하여 이모네 집에 당도한 것은 해가 설핏해서였다. 너무 많이 걸어서 녹초가 된데다, 아침에 술찌끼 한 사발을 둘러마셨을 뿐 점심까지 굶은 터라, 허기진 나는 이모네 집에 도착하자 마당에 쓰러지고 말았다.

　이모는 우리 모자를 위해 쌀밥을 지어 주었다. 반찬이라야 부추를 송송 썰어 넣은 간장과 짠 무장아찌·무채·고추장·된장국이 전부였다. 뜨신 흰 쌀밥에 무채를 넣고 고추장에 비벼 먹었던 그 맛. 평생 먹어 본 음식 중에서 어떤 산해진미도 그때의 그 맛에 비할 수가 없다. 지금도 그때의 맛을 생각하면, 운산 이모에 대한 그리움과 함께 입안에 침이 홍건하게 고인다. 언젠가 나는 그때 그 맛을 생각하고 무채를 만들어 달라고 하여 뜨신 쌀밥에 고추장 듬뿍 넣고 비벼 먹어 보았다. 그러나 그때의 그 맛을 느낄 수가 없었다. 아마도 내

입이 사치스러워진 때문인지도 모른다.

요즘 우리는 너무 배가 불러 있는 것 같다. 그러니 먹을 것이 많은 풍요로운 이 시대에 자꾸 먹을 만한 것이 없다고 하는 것인지 모른다. 돌이켜 보니, 몸과 마음을 살찌우는 것은 기름지고 호사스러운 밥상보다는 다소 거친 듯 소박한 밥상이 아닌가 싶다. 오늘 점심, 나는 외식을 포기하고 밭에 나가 우리 부부가 손수 가꾼 상추며 쑥갓·풋고추·들깻잎·부추를 뜯어다 야채 쌈을 싸 먹었다. 풋고추에 된장을 찍어 야채 쌈을 배불리 먹고 지하수 찬물을 한 사발 마시고 나니, 신선이 부럽지 않다.

유년 시절 내게 가장 맛난 음식을 먹여 주었던 그 이모님은 지금 생오지 옆에 살고 계신다. 나는 가끔 이모님을 찾아뵐 때마다, 그때 먹었던 쌀밥 한 그릇에 대한 고마움을 마음속에 새긴다.

운산 이모

욕심과 시샘이 많아
먹서리라는 별명 붙은 늙은 이모
구름산보다 깊은 첩첩산중
대숲 속에 굴뚝새처럼 홀로 산다
강물에 띄워 보낸 그리운 사람
꿈속에서 만나며
똥개 워리 데리고 낡은 집 지키고 산다
관절염으로 오른발 절뚝거리며

구름재 너머 먼 길 떠나려는 듯
온종일 동구밖 서성대는 운산 이모
찔레꽃 필 무렵 안부전화했더니
아들딸들이 사다 준 고기 못 다 먹고
냉장고에서 다 썩는다면서
소쩍새 소리 들으러 오라고 성화다
절뚝거리며 가꾼
가지·고추·호박·오이·도라지
녹슨 냉장고에 가득 채워 두고
고기 먹으러 오라고 한다

가슴으로 듣는 소리

이 세상에는 들을 수 있는 소리와 들을 수 없는 소리가 있다. 들을 수 있는 소리도 귀로 듣는 소리와 가슴으로 듣는 소리가 있다. 새소리·바람 소리·물소리·총소리·자동차 클랙슨 소리 등은 누구나 귀를 통해서 들을 수 있다. 그러나 폭풍이 몰아치는 적막한 산속에 홀로 앉아서 나뭇잎 흔들리는 듯한 피아노 소리는 아무나 들을 수 없다. 그 피아노 소리는 마음에서 울려오는 소리다. 마음으로 듣는 소리는 자신의 심저에서 우러나오는 소리인 것이다.

나는 들을 수 있는 소리보다는 들을 수 없는 소리에 대해 더 관심이 많다. 어렸을 때, 어른들로부터 '귀신 씻나락 까먹는 소리' '강아지 염불하는 소리'라는 말을 자주 듣곤 했다. 그때마다 나는 어떻게 하면 귀신 씻나락 까먹는 소리를 들을 수 있을지 궁금했다. 그리고 강아지 염불하는 소리를 들어보려고 강아지 옆에 오랫동안 쪼그리고 앉아 있기도 했다. 어른들은 또 한겨울 북풍이 산하를 물어뜯듯 거칠게 몰아칠 때는 '귀신이 운다'고 했다. 그때 나는 바람 속에 귀신이 숨어 있는 것이라고 생각했다. 철이 든 후에야 어른들의 말이 은유적인 표현이라는 것을 알 수 있었다.

소설가가 된 후에도 나는 귀로 듣는 소리보다는 가슴으로 듣는 소리에 대해 관심이 많았다. 어른들은 안개가 첩첩이 깔릴 때 안개 속에서 소리가 난다고 했고, 큰 비가 올 때는 강물이 우는 소리를 낸다고 했다. 그리고 나는 소설에서 안개나 강물이 우는 소리가 어떤 것인지 표현하고 싶었다. 단편소설 『안개 우는 소리』에서 안개가 우는 소리를 묘사하기 위해 안개 낀 날 새벽에 저수지 둑을 거닐어 보기도 했고, 깊은 골짜기 속으로 깊이 들어가 보기도 했다. 그러나 귀로는 아무런 소리도 들을 수가 없었다.

… 요양원 앞뜰에 짙게 깔린 안개가 뱀처럼 서서히 똬리를 풀고 혀를 널름거리며 스멀스멀 그의 무릎 위로 기어올랐다. 안개가 움직이기 시작하자 휘휘휘 이상한 소리가 들려오는 듯싶었다. 짙은 안개 속 여기저기에서 들리는 안개소리는 마치 칠복이가 옛날 노루목 할미산 골짜기에서 팔만이의 할머니 상여를 따라갔을 때 들었던 그 음산한 바람 소리와도 같았다. 칠복은 순간 안개 소리가 나는 그 지점에 아버지가 있을지도 모른다는 생각이 머리에 스쳤다.─ 졸작 『안개 우는 소리』에서

이 소설에서 주인공 칠복이가 들었던 안개 소리는 상여 나가던 날 음산한 바람 소리 같은 것이었으며, 그 소리는 곧 아버지의 존재와도 관계가 있음을 암시하고 있다. 이처럼 내가 들었던 안개 소리는 마음속 깊은 곳에서 우러나온 심리적 소리인 것이다. 안개 소리는 그 사람의 심리적 상황에 따라 무서운 소리, 슬픈 소리, 기쁨의 소리, 고통의 소리 등 여러 가지로 들을 수가 있는 것이다.

졸작 대하소설 『타오르는 강』을 쓸 때는 강이 우는 소리를 듣기 위해 깊

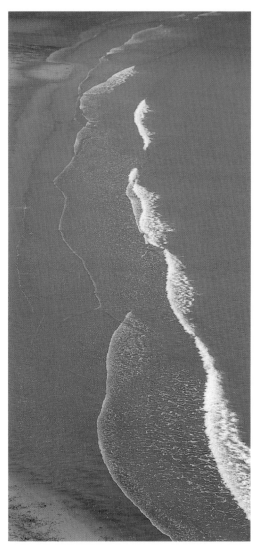

전남 신안 우이도, 1991

은 밤과 미명의 어둠 속에서 여러 차례 홀로 영산강변을 거닐어 보기도 했다. 어떤 날은 강물 흐르는 소리에 귀를 기울인 채 몇 시간이고 앉아 있기도 했다. 노비들의 한 맺힌 삶을 다룬 이 소설에서 주인공은 노비였던 아버지와 할아버지로부터, 영산강이 운다는 말을 자주 들었다. 그리고 주인공도 강물 우는 소리를 들어 보려고 강변에 앉아서 밤을 새우기도 했다. 결국 그가 들은 영산강 우는 소리는 서럽고 고통스럽게 살다 간 노비들의 혼의 소리임을 알게 된다. 내가 이 소설을 쓰면서 들었던 영산강 우는 소리는 영산강을 터전으로 살아온 사람들의 한 맺힌 소리라는 것을 파악한 것이다. 그 소리는 느린 진양조이거나 애끓는 산조가락과 같은 소리였다.

　나는 오래전에 한동안 환청 때문에 잠을 못 자고 시달린 적이 있다. 신문기자 시절이었다. 장성군 북상면에 댐이 생겨 면이 통째로 물에 잠기게 되었다. 장성댐이 들어선 지 삼 년 후, 쪽배를 타고 댐 위를 둘러보면서 나는 엄청난 충격을 받았었다. 거대한 콘크리트 구조물 위에서 바라다본 호수는 에메랄드빛으로 출렁여 아름답기만 했다. 그러나 쪽배를 타고 들어가서 수면 아래를 내려다보니, 우체통이며 학교 교문, 마을의 돌담, 두껍다리, 부엌 등이 그대로 물속에 잠겨 있는 것이 아닌가. 살림살이를 대충 옮기고 수몰민이 몸만 빠져나온 상태에서 집은 그대로 둔 채 담수를 했기 때문에, 마을이 옴씰하게 물에 잠기게 된 것이다. 나는 한참 동안 수면 위에 시선을 못 박은 채 수몰된 마을에 정신을 빼앗기고 있었다. 그때 어디선가 움머하고 송아지가 울고 개들이 왁자하게 짖어대는 소리가 들리는 것만 같았다. 갓난아기들의 자지러지는 듯한 울음소리며, 다급하게 아이들 이름을 불러대는 어머니의 칼

칼한 목소리와 할아버지의 밭은기침 소리까지도 선명하게 들렸다. 물에 잠기기 전, 낮 한때의 마을 정경이 눈앞에 살아 있는 듯싶었다. 노를 젓던 늙은 우체국장이 큰소리로 나를 부르지 않았더라면 나는 언제까지나 물속 마을의 정경에 혼을 빼앗기고 있었을 것이었다.

그날 밤 나는 진저리를 치며 물속의 마을을 꿈꾸었고, 그 후 한동안 환청에 시달려야만 했다. 그리고 수몰민들의 이야기를 『징소리』라는 소설로 형상화했다. 지금도 나는 가끔 장성댐에 갈 때마다 물속에서 들려오는 환청에 넋을 빼앗길 때가 많다.

세상 사람들은 귀로 들을 수 있는 소리만을 믿으려고 한다. 그러나 우리에게는 귀로 들을 수 없는 소리가 더 의미 있게 받아들여질 때가 있다. 환청이 되었건 상상의 소리가 되었건, 귀로 들을 수 없는 소리의 이면에는 무엇인가를 암시하는 것이 있기 때문이다. 은유적이면서도 암시적인 소리를, 귀가 아닌 가슴으로 듣기 위해서는 마음의 문을 열고 세상 구석을 속속들이 살펴보면서 살아야 한다. 지금 이 순간, 세상에서 가장 진실한 소리가 듣고 싶으면 눈을 감고 마음속 깊은 곳으로부터 우러나오는 영혼의 울림에 귀를 기울여 보라.

도인과의 대화

1974년 여름, 나는 도인을 만나기 위해 광주 무등산으로 향했다. 배고픈 다리를 지나고 증심사 조금 못 미쳐 산죽이 에두른, 무등산 산자락 끄트머리에 흰 수염의 도인이 사는 춘설헌(春雪軒)이 있었다. 호젓하고 오래된 목조건물이 남종문인화의 마지막 보루 의도인(毅道人) 허백련 화백의 거처였다. 옅은 치자빛 모시 한복 차림의 도인은 방문을 활짝 열어 놓고 하경 산수를 그리고 있었다. 도인은 풋내기 소설가인 나에게 뜨거운 춘설차를 대접해 주었다.

"방 안에 가득한 묵향처럼 차 맛이 은은하고 개운합니다."

"젊은 사람이 차 맛을 아는가. 헌데, 차나무는 직근이라 뿌리가 곧게 뻗어 옮겨 심을 수도 없어. 그래서 차나무는 정절을 상징하고 또 마음이 올곧은 선비에 비유하기도 하지."

나는 도인의 말을 귀담아들으며 네 벽에 단정한 글씨로 도배된 노자의 『도덕경』을 둘러보았다.

"선생님, 노자가 도(道)를 빈 그릇이라고 한 것은 참 절묘한 표현인 것 같습니다."

잘난 척하기를 좋아한 나는 담배씨만한 상식을 가지고 부끄러움 없이 또 치기를 부렸다.

"『도덕경』은 행학(行學)의 길이 아니야. 노자는 나이 들어 읽어야지. 젊은 이는 『대학』을 읽게."

도인은 나룻배에서 악공이 거문고를 뜯는 모습을 그렸다. 거문고가 나룻 배보다 더 컸다.

"선생님, 나룻배보다 더 큰 거문고가 다 있습니까."

"나는 시방 거문고 소리를 그린 거지 나룻배를 그린 게 아니라네. 이것을 사의(寫意)라고 허지."

사의라. 사물의 형태보다는 그 내용이나 정신에 치중하여 그린다는 의미 가 아닌가.

그로부터 사 년 후, 도인이 세상을 뜨기 한 달쯤 전, 나는 다시 춘설헌에 갔 다. 극도로 쇠약해진 도인은 눈을 감은 채 반듯하게 누워 대나무 가지를 든 오른손을 조금씩 깐닥거리고 있었다.

"선생님은 시방 대포리로 머릿속에 그림을 그리고 계신답니다."

옆에 있던 도인의 부인이 말해 주었다. 도인은 손이 굳을까 염려하면서 세 상을 뜨기 직전까지 손에서 대나무 가지를 놓지 않았던 것이다. 예술가의 무 서운 집념에 오목가슴이 저렸다.

나는 지금도 무등산에 오를 때는 춘설헌 앞을 지난다. 그리고 마지막 순간 까지 머릿속에 그림을 그리는 도인의 모습을 떠올리며 게으른 나 자신을 다

잡곤 한다.

의제 선생님을 생각하는 순간 오래된 당산나무가 떠오른다. 또한 당산나무를 볼 때마다 의제 선생님이 떠오르곤 한다. 의제 선생님은 아직 우리 가슴속에 오래된 당산나무처럼 깊게 뿌리를 내리고 살아 있다. 어쩌면 예술가에게 물리적인 생명은 의미가 없는 것인지도 모른다. 작품이 살아 있는 한 그 예술가의 생명은 영원하기 때문이다.

나무 심는 마음

나는 오래전 대학에 있을 때, 강둑이 걷고 싶어서 도시 변두리인 첨단단지로 이사를 한 적이 있다. 대학까지 걸어서 십 분 거리에 살다가, 출근길이 힘든 곳으로 이사를 한 것이 어쩌면 바보스러운 짓이라고 할지도 모르겠다. 아닌 게 아니라, 출근길이 쉽지는 않았다. 더욱이 밤이면 모텔과 유흥업소의 불빛이 불야성을 이루어 교육환경도 그리 좋지가 않았다. 말이 첨단단지지, 유흥단지나 다를 바 없었다. 그래도 둑길을 걸을 수 있어 간질간질한 행복을 느꼈다. 나는 날마다 홀로 둑길을 걸었다. 봄날 황룡강 상류 둑길에는 쑥이며 코딱지나물·쑥부쟁이·씀바귀·냉이 들이 파릇하게 돋아나고 버들개지 꽃망울이 맺히기 시작, 봄이 늘어지게 하품을 하며 한창 생명을 틔우고 있었다. 또한 강물에는 물오리가 날아들고 아직 제대로 다듬어지지는 않았지만 강변공원의 나뭇가지에서 참새며 까치·동박새 들이 지저귀는 소리도 들을 수가 있었다.

나는 강변둑길을 걸으면서 오랜만에 고향으로 다시 돌아온 기분에 젖어들었다. 유년을 시골에서 보낸 내가 둑길로 다시 돌아오기까지 오십 년이라는 긴 세월이 걸린 셈이었다. 둑길로 다시 돌아온 나는 내 존재의 고향으로 돌아가기 위해 마음에 켜켜이 쌓인 세속적 먼지를 털어내는 연습을 했다. 그동안 문명과 개발이라는 미명 아래 너무나 소중한 것들을 잃어버리고 말았다. 살기는 편리해졌으나 자연과 멀어지면서 이웃도 없어지고, 사람과 사람의 관계가 시멘트처럼 단단하게 굳어져 버렸음을 절감했다.

사월은 나무를 심는 달이다. 이제부터라도 우리가 파괴한 자연을 우리 스스로 복원해 가야 하겠다. 풀 한 포기, 나무 한 그루라도 심고 가꾸는 것이야말로 삭막해진 내 마음을 되살리는 중요한 작업이 아닐 수 없다. 자신의 이익을 위해 나무를 심는 사람은 없다. 다음 세대를 위해서 나무를 심는다. 그러므로 나무를 심는 마음이야말로 진정한 이타심(利他心)의 발로인 것이다. 나무를 심는 마음으로 살아간다면, 소원해진 것, 황폐된 것, 소멸되어 버린 것들에 대한 회복이 얼마든지 가능하다. 나무를 심는 마음은 미래를 지향하는 것이고, 그것이 곧 희망이다. 특히 정치하는 사람은 개인의 이익이나 당리당략을 떠나 나라의 장래를 생각해서 나무 심는 마음으로 돌아가기 바란다.

불란서 작가 장 지오노의 소설 『나무를 심는 사람』이 생각난다. 가난한 양치기 엘제아르 부피에는 희생적 노력으로 프로방스의 황무지에 나무를 심어 거대한 숲을 만든다. 이 소설이 우리에게 주는 메시지는 강하다. 그가 평생 동안 심은 것은 단순한 나무가 아닌 '희망'이었고, 평생 가꾼 거대한 숲은 '아름다운 공동체'인 것이다. 지금 우리는 이기주의에 매몰되지 않고 행복한 사회를 만들기 위해서 나무 심는 마음으로 살아갈 때다.

이팝나무, 전남 화순, 2000

무지개 뜨는 세상

얼마 전에 막내딸 가족과 함께 서해안고속도로를 타고 서울에 가다가 무지개를 만났다. 서해대교를 지나 한참을 달리자, 동편 하늘에 언월도 모양으로 휘움하게 가로지른 무지개가 색깔도 선명하게 한눈에 들어왔다. 일곱 가지 색깔 무지개의 뿌리가 대지에 굳건하게 박혀 있는 것이 너무도 아름다웠다. 사람들은 갓길에 차를 멈추고 무지개를 구경했다. 내 외손자들도 무지개를 보고 환호하며 좋아했다. 무지개를 구경하느라, 차들은 좀처럼 움직일 줄을 몰랐다. 무지개 때문에 고속도로는 차츰 정체되기 시작했다. 나는 하늘에 떠 있는 무지개를 바라보기보다는 무지개를 보고 마냥 좋아하는 구경꾼들을 구경하는 것을 더 즐겼다. 그리고 왜 이렇듯 사람들이 무지개를 좋아하는지 조금은 의아해 했다.

"서울에서는 무지개 구경하기가 쉽지 않아요."

막내딸이 내 표정을 살피며 말했다. 하기야 대기오염 때문에 서울에서는 밤하늘에 별을 보기도 쉽지 않다고 하지 않던가. 무지개가 뜨지 않는 서울,

생각만 해도 삭막한 느낌이 든다. 그런데도 사람들은 왜 자꾸만 서울로 몰려드는 것인지 모르겠다.

올 여름 나는 비 온 뒤, 주말을 이용해서 아내와 함께 섬진강에 갔다 오다가 무지개를 보았다. 해질 무렵이라 역시 동쪽 하늘에 떠 있었다. 섬진강에 뿌리를 박고 야트막한 산허리를 휘감은 무지개는 서울 근교에서 보았던 무지개 색깔보다 더 선명했다. 그런데 한가한 국도였는데도 차를 멈추고 무지개를 구경하는 사람은 아무도 없었다. 시골에 무지개가 뜨는 것은 신기할 것도 구경거리도 아니기 때문이리라.

무지개 생각을 하니 고등학교 때 일이 생각난다. 아버지는 내가 문학을 하는 것을 싫어하셨다. 문필가는 가난하다는 이유 때문이었다. 어느 날 아버지는 나를 불러 꿇어앉히고는 "너는 왜 하필 문학을 하려고 하느냐"라고 물으셨다. 나는 이때, 아버지가 한사코 강요하는 의대에 가지 않으려면 이 기회에 그럴듯한 이유를 설명해서 아버지를 설득시켜야겠다고 생각했다. 어떻게 답변을 할까 생각을 굴리고 있는데, 그 즈음에 내가 읽고 있었던 세실 루이스가 쓴 『시학입문』의 서문이 퍼뜩 떠올랐다. 그 책 서문에 "누가 내게 왜 당신은 왜 시를 쓰느냐고 물으면, 나는 무지개가 있는 세상에서 살고 싶으니까, 시를 쓴다고 말하곤 한다"라는 대목이 있었다. 나는 아버지에게 그대로 답변했다. 뚱딴지 같은 내 말에 아버지는 한동안 말없이 어처구니없어 하는 표정으로 나를 들여다보기만 했다. 아마 아버지는 나를 정신 나간 놈쯤으로 치부하셨을 것이다. 농사꾼인 아버지는 내 말을 전혀 이해하지 못하셨을 테니까.

무지개의 사전적 해석은 '공중에 떠 있는 물방울이 햇빛을 받아 나타나는 반원형의 일곱 가지 빛깔의 줄'이다. 물리적으로는 물방울이 햇빛에 굴절되는 현상이다. 그러나 우리는 무지개를 단순히 물리적 현상으로만 보지 않는다. 마음으로 느끼고 정서적으로 받아들이려고 한다. 그것은 꿈이고 희망이고 이상이다. 그러기에 우리는 무지개가 없는 세상을 상상하고 싶어 하지 않는다. 무지개가 없는 세상과 무지개가 있는 세상의 차이는 크기 때문이다. 무지개가 없어도 우리는 살아가는 데 조금도 불편을 느끼지 않는다. 그런데도 무지개가 있는 세상을 원하는 것은 누구나 꿈과 희망을 갖고 살아가고 싶어 하기 때문이다. 무지개가 뜨지 않는 세상은 꿈이 없는 삭막한 세상인 것이다.

무지개가 있는 세상과 무지개가 없는 세상을 생각하면서, 서울 무지개와 시골 무지개의 차이를 비교해 본다. 똑같은 물리적 현상이지만 분명 심리적·정서적 차이가 있는 것 같다.

청청한 대바람 소리

　나는 유년 시절 대바람 소리를 듣고 자랐다. 사시사철 귓전에 맴도는 청청하고 소소한 대바람 소리에 마음까지도 소쇄해지곤 했다. 한겨울 북풍이 몰아치는 날보다 여름밤의 소슬한 바람이 살랑살랑 불 때, 대바람 소리는 더 은근하고 리드미컬해서 듣기에 좋다. 거친 바람이 불 때 대나무들은 몸을 흔들어 대지 않고 일제히 허리를 굽혀 버린다. 아무리 강한 태풍이 불어도 대밭에 함께 있는 감나무와 느티나무는 가지가 꺾이고 뿌리가 뽑히지만, 대나무는 부러지지도 뿌리 뽑히지도 않는다. 대나무는 복원력이 뛰어나 잠시 허리를 굽혔다가 금세 다시 일어난다. 이럴 때 대숲은 굼실굼실 파도치듯 바람을 피하고 그냥 바람 소리만 쌩쌩 단조롭게 들리게 마련이다. 그러나 약한 바람에는 몸과 잎들을 한꺼번에 몸살 나게 흔들어, 강하고 약함, 길고 짧음, 빠르고 느림이 정확한 대나무숲 소리를 낸다.

　대나무숲이 가장 아름다운 것은 눈이 내릴 때다. 푸른 대나무에 흰 눈이 불불 내리는 모습을 바라보고 있으면 오래도록 시간이 정지된 무념무상의 공간에 있는 것 같다. 그 모습이 시처럼 슬프고 아름답다. 아무리 눈이 많이 내려도 대나무는 잠시도 쉬지 않고 몸을 흔들어 대기 때문에 푸른 잎에 눈이 쌓일 여유를 주지 않는다. 유년 시절, 한겨울 마을의 하천 건너에서 들려오는 철철철 물레방아 돌아가는 소리와 집 뒤의 대바람 소리는 절묘한 하모니를 이루어 마음을 더없이 평화롭고 포근하게 다독여 주었다. 나는 유년 시절의 그곳으로 다시 돌아가고 싶지만 지금은 물레방아도 대숲도 없어졌다.

우리 집 뒤에는 대밭이 있었다. 6·25 때 그 대밭은 아버지를 살린 피신처가 되기도 했다. 우리 식구는 총소리만 들리면 자다가도 벌떡 일어나 대밭으로 피신을 하곤 했다. 한번은 식구들이 모여 삶은 고구마로 점심을 때우고 있는데 총소리와 함께 총알이 쓩쓩 날아와 마당에 박혔다. 깜짝 놀라 둘러보았더니 뒷산에서 전투복 차림의 한무리가 마을을 향해 마구 총을 쏘아 대며 뛰어 내려오는 것이 아닌가. 식구들은 서로를 돌볼 여유도 없이 저마다 살기 위해 뿔뿔이 도망쳤다. 나는 마을 우물 뒤에, 어머니와 동생은 짚 더미 속에, 아버지는 대밭으로 몸을 피해 살 수 있었다. 이날 우리 마을에서 아홉 사람이 아무 이유도 없이 총에 맞아 죽었다. 살아남은 사람들 중에 상당수는 대밭으로 피신을 하여 무사할 수 있었다. 아버지는 훗날 우리 마을이 공비토벌 작전지역이 되어 어쩔 수 없이 고향을 떠나 떠돌며 곤고하게 살 때, 이 대밭을 겉보리 한 가마니에 팔아 버렸다. 대숲은 내 유년 시절 아픔의 공간이기도 했다.

대나무는 일생 동안 변함없이 늘 푸르고, 속이 비었지만 곧고 높다. 창창한 푸름은 절개를, 올곧음은 의로움을, 속이 빈 것은 자신을 비울 줄 아는 겸손

전남 담양, 1989

을, 키가 높은 것은 고고함을 상징한다. 대나무는 홀로 있으면 청승맞게 쓸쓸해 보이지만 숲을 이루면 아름답다. 그래서 대나무숲은 협동심을 나타내기도 한다. 또한 대나무는 선비정신을 상징하며 죽림칠현(竹林七賢)이니, 죽마고우(竹馬故友)니, 죽백지공(竹帛之功)이니, 죽장망혜(竹杖芒鞋)니 하는 말도 생긴 것이리라. 대나무는 결코 화려하지 않으면서 속되지 않고 추우나 더우나 한결같이 푸름을 자랑하여 선비들은 대를 본받아 정신과 마음을 다듬었다. 그래서 대나무가 우리에게 주는 교훈은 참으로 많다.

대나무는 성질이 급하여 옮겨 심으면 잘 자라지 않는다. 그러나 죽취일(竹醉日)인 음력 5월 13일 대의 뿌리를 심으면 잘 자란다. 그러나 뿌리를 심고 사 년 동안에는 아무 흔적도 보이지 않다가 오 년 만에야 비로소 송곳처럼 끝이 뾰족한 죽순이 땅을 뚫고 올라온다. 사 년 동안 땅속에 자신을 감추고 뿌리를 깊고 넓게 활착하여 자양분을 충분히 섭취한 다음, 갈색 껍질의 죽순을 피워 올리고 그로부터 육 주 동안에 삼십 미터 높이까지 쑤욱 자란다. 사십 일 동안 한꺼번에 키가 크고 다 자란 후에는 사 년 동안 다시 몸을 단단하게 다진다. 육 주 후에 몸통이 굵어지거나 키가 더 크는 일은 없다. 처음 굵기가 오 센티미터면 오십 년 후에도 오 센티미터 그대로이다. 수십 개의 매듭 또한 죽순 시절부터 이미 결정된다. 이처럼 대는 사 년 동안 땅속에 숨어 있을 때 모든 것이 결정된다. 사 년이라는 기간에 미래를 준비하기 위해 뿌리를 튼튼하게 한 다음, 줄기차게 뻗어나갈 수 있을 때 비로소 자신을 드러내는 대나무. 인내심을 가지고 자신을 철저히 다지는 대나무에게서 우리는 많은 교훈을 얻을 수가 있다. 대나무의 땅속 사 년은 어쩌면 사람의 나이 오 세와 비

숫하다. 사람도 오 세까지 인격이 형성되어 평생의 삶을 좌우한다고 하지 않는가.

한번 뻗어 나온 대나무는 좀처럼 죽지 않는다. 베트남의 고엽제 속에서도 살아남은 유일한 식물이 대나무였다. 그 비밀은 뿌리에 있다. 땅속에 뻗은 뿌리는 길게는 육 킬로미터까지 뻗는다. 대나무는 육십 년이 되면 딱 한 번 꽃이 피고 죽는다. 평생 곧고 푸름을 유지하기 위해 주변의 자양분을 모두 빨아들인 후에 처음이자 마지막으로 꽃을 피우고 뿌리부터 서서히 말라 죽는다.

꽃 같지 않은 꽃. 검불 같은 꽃. 꽃이라고 해서 다 아름다운 것은 아닌 것 같다. 엷은 갈색에 벼꽃 모양으로 볼품없는 꽃들이 눈곱처럼 주절주절 매달려 있다. 아침에 눈을 떠 보니 대나무숲이 온통 갈색 꽃물결을 이루었다. 육십 년 만에 핀 꽃이라고 했다. 사람으로 말하자면 회갑을 맞은 셈이다. … 대나무꽃은 아름다움이 아니라 슬픔이었다. 대나무는 하루 동안 꽃을 피우고 나서 널따란 군락지가 한꺼번에 잿빛으로 죽어갔다. 꽃이 지고 나자 잎부터 파삭하게 말라 갔다. ―― 졸작 『대나무 꽃 피다』에서

사 년 동안 땅속에 숨어서 속을 비운 채 청청함과 올곧음을 유지하며 살아갈 자양분을 비축하고 육십 년 만에 딱 한 번, 꽃 같지도 않은 꽃을 피우고 죽어가는 대나무. 나도 지금 대나무처럼 사라져 가기 위하여 꽃 피울 날을 기다리는 것인지도 모른다. 눈이 내리자 울적한 마음에 담양으로 차를 몰았다. 대나무 테마파크에서 사진작가 신복진 형을 만나, 대숲을 한 바퀴 돌고, 그가 손수 가꾼 죽로차를 마시니 어느덧 속이 빈 대나무를 닮은 듯 마음이 가볍고 허허로워졌다.

청죽을 보며

삶의 무게에 눌려
하루에도 몇 번씩
주저앉고 싶을 때
너를 바라보고 있으면
빛바랜 마음이 푸르러진다

끝없는 욕망으로
곧고 푸름을 지탱해 온
너를 바라보고 있으면
한없이 한없이 낮아지는
나를 다시 보게 된다

〈오우가〉를 들으며

나는 최근, 우리 집에서 가까운 화순 이서면 야사에 있는 '연정국악연수원' 선영숙 선생의 가야금 병창 〈오우가(五友歌)〉를 열심히 듣고 있다. 고산 윤선도의 시조를 선영숙 선생이 작곡한 것으로, 그 내용도 좋지만 가야금 가락과 어울린 선영숙 선생의 청아한 목소리에 매료되었다. 가사와 소리가 너무 좋아 아침마다 CD를 듣고 나면, 내 마음이 깊은 땅속에서 솟아오른 샘물처럼 청량해지는 것 같다.

> 내 벗이 몇이나 하니 수석과 송죽이라 / 동산에 달 오르니 더욱 반갑고나 / 들어라 이 다섯밖에 또 더하여 무엇하리…

오십여 년 전, 내가 고등학교 다닐 때 대학입시 준비를 하면서 달달 외웠던 작품이다. 이 시조는 윤선도가 오십육 세에 해남 금쇄동에 은거할 때 지은 것으로, 자연에 대한 사랑과 관조를 격조 높게 노래한 작품이다. 산중에 은거하면서 물·돌·소나무·대나무에 달을 합하여 다섯 가지를 친구로 알고 유유자

세연정 바위와 대숲, 전남 보길도, 2002

적하며 살아간 윤선도의 처지에 깊이 공감이 간다. 특히 윤선도는 이 시조에서 바위, 즉 돌의 영원한 생명성을 찬양하고 있다. 꽃과 풀은 가변적이고 세속적이나, 바위는 그 초연함이 당당한 군자의 모습과 같다고 생각한 것이다.

젊었을 때는 솔직하게 이 시조가 그렇게 마음에 와 닿지 않았다. 한때는 음풍농월이나 한 양반문사를 곱지 않게 생각했던 것도 사실이다. 보길도에 가서 고산이 남긴 자취를 둘러보면서도, 아름다운 경관에 대한 감탄보다는 '이 양반 이런 경관 꾸미려고 가난한 백성들 엄청나게 고생 많이 시켰겠구만' 하고 오히려 조금은 비뚤어진 심정이 되기도 했었다. 그런데 이제 나도 나이가 든 탓인가. 사물이나 사람, 역사까지도 날카롭게 한 곳만을 찔러 보기보다는 둥그스름하게 골고루 보게 된다. 편견에 치우치기보다는 총체적으로 균형 잡힌 시각으로 보게 된 것이다. 나이가 들어 시력은 자꾸 나빠지지만 세상은 구석구석 더 잘 보인다는 말 그대로.

암튼 시골에 내려와 자연 속에 깊숙이 묻혀 살다 보니, 요즘 내가 윤선도의 심정과 비슷해졌다고나 할까. 사람보다는 자연과 더 친해지고 싶어진다. 오우가에서 노래한 다섯 가지 벗 역시 지금의 내 벗이기도 한 것이다. 달빛은 도시 어느 곳에도 고르게 비추지만 물과 돌, 소나무와 대나무는 도시에서는 쉽게 친해질 수가 없다. 골짜기에서 흘러내려온 오염되지 않은 천연수와 몇천 년을 비바람 맞아 가며 한자리를 지키고 있는 돌, 옮겨 심거나 인위적으로 모양 내지 않고 자연스럽게 군락을 이루고 서 있는 조선 소나무숲, 바람이 불 때마다 푸른 물결로 굼실굼실 춤을 추는 대나무숲을 도시에서는 쉽게 볼 수 없지 않은가.

자연을 제대로 관조하기 위해서는 마음부터 순수해야 한다. 자연을 보는 데 편견이나 주관적인 해석은 금물이다. 순수한 마음으로 물 흐르는 것을 보고 있으면 물에서 온갖 아름다운 소리가 들리고, 나무를 껴안고 귀를 기울이면 나무가 숨 쉬는 소리를 들을 수가 있고, 바위를 보고 있으면 원초적인 영기(靈氣)를 느낄 수가 있다. 자연이 갖고 있는 성질을 제대로 알려면 자연과 내가 하나가 되어야 한다는 말을 실감한다.

자연과 친해진다는 것은 사람이 본성으로 되돌아가기 위해서다. 사람은 순수한 본성으로 태어나지만, 환경·교육·제도·사상 등으로 자꾸 덧칠하여 본래의 인간성을 잃게 되는 것이다. 따라서 늙어지면 그 덧칠이 벗겨져서 본디 모습으로 되돌아가는 것이 아닌가 한다. 본성으로 되돌아가서 세상을 보면 모든 것이 부질없게 느껴진다. 한때 세상을 변화시켜 보려고 했던 욕망도, 성공도, 깨달음 그 자체도 한갓 부질없는 욕심이었다는 것을 알고, 자유로운 영혼으로 돌아가게 된다. 그 자유롭고 탈속한 눈으로 세상을 보면 오직 자연만이 위대하다는 것을 비로소 알게 되는 것이다. 그러기 위해서는 우리가 살고 있는 21세기의 시각이 아닌, 윤선도와 같은 선인들의 눈으로 자연을 볼 필요가 있다.

동구밖 당산나무

　고향을 생각하면 당산나무가 먼저 우뚝 떠오른다. 긴 여행을 끝내고 고향에 첫발을 들여놓는 순간에도 우리를 먼저 반기는 것은 동구밖 당산나무다. 언제나 같은 자리에 굳건하게 서서, 한결 같은 모습으로 맞아 주는 고향 지킴이. 하늘을 향해 푸른 날개를 활짝 펴고 의연하고 늠연한 자태로 지친 삶을 포근하게 안아 준다. 당산나무를 바라보면 잃어버렸던 시간의 소중함을 일깨우고 싶고 내일의 꿈을 푸르게 펼치고 싶어진다. 그러기에 우리 조상들은 마을을 세운 다음에 마을을 지키기 위해 당산나무를 심고 정성을 다해 신목으로 가꾸었다. 당산나무는 바로 믿음의 대상이 되었고, 마을 공동체 수호신의 상징이 되었다. 당산나무는 마을의 역사와 함께 해 왔고 마을과 더불어 기쁨과 슬픔을 겪었다.

　담양군 금성면 원율리 당산나무에는 당산신위(堂山神位)라고 새긴 석상이 세워져 있으며, 이 밖에 장성읍 유탕리 상당산에는 천용신(天龍神), 외당산에는 외당신(外堂神)이라고 표시해 놓았고, 유탕리 하당산나무는 연신(鳶

충북 옥천, 2003

神)이라고 써 붙여 있다. 연신이라 한 것은 날짐승을 위한 당산이기도 하다는 의미이다. 당산나무는 인간을 위한 쉼터일 뿐만 아니라, 날짐승의 쉼터이기도 하다. 자연 속에서 모든 생명체들이 더불어 살아가기 위한 배려인 것이다.

당산나무는 마을의 안녕을 지켜 주는 신령스러운 나무임이 분명하다. 당산나무는 농경사회에서 마을의 수호신이 되어 왔다. 오래전부터 이 나무에 신령이 깃들어 있다고 믿고 풍요와 무병장수를 빌기 위해 해마다 제사를 지냈다. 마을 농사꾼들은 당산나무가 보이는 범위 안에서 농사를 지었고, 어부들 역시 당산나무를 바라볼 수 있는 시야 안에서 고기를 잡으려고 했다. 그렇게 해야 마음이 놓였다. 당산나무가 그들의 안녕을 지켜 준다고 믿었기 때문이다. 또한 당산나무 밑은 노동에 지친 농사꾼들의 시원한 쉼터였으며 마을 공동체의 중심이기도 했다. 크고 작은 마을의 일을 논의하는 여론의 광장이 되기도 했으며, 때로는 즐거움을 나누기 위한 유희의 공간으로 활용하기도 했다. 배움터 역할도 했다.

마을 사람들이 당산나무에 대한 가장 큰 경외감은 나무의 오랜 생명력에 있다. 그러기에 당산나무에 무병장수를 빌었다. 당산나무처럼 튼실하게 오래 살고 싶은 염원 때문이리라. 이 때문에 당산나무의 주종을 이루고 있는 느티나무나 팽나무·소나무를 어떤 나무보다 더욱 신성시했다. '서서 천년 누워서 천년을 본다'는 느티나무나 '천년 소나무, 만년 팽나무'를 당산나무로 심는 것도 이 나무들이 오래 사는 나무이기 때문이다. 그런가 하면 마을 주민들의 화합을 이루기 위해 연리목(連理木)을 심기도 했다. 두 당산나무가 서로 사이가 벌어지면 동네가 분열될 징조가 있다 하여 두 나뭇가지를 합쳐서 마을의 화합을 꾀했다. 충북 옥천에 있는 당산나무가 연리목인 셈이다.

당산나무에서는 신성한 존재에서 느낄 수 있는 원초적 신비감을 느낄 수 있는 것 외에, 친근한 사람에게서 감지할 수 있는 정겨움이 묻어 나오고 있다. 당산나무에서 인격이 느껴진다고 하는 것은 사람과 나무와의 교감이 이루어지고 있다는 것을 의미한다. 멀리서 바라보는 당산나무는 세상을 꿰뚫어 보는 도인의 풍모를 지녔다. 부처·예수·공자·노자나 장자로 보이는가 하면, 때로는 갑오년에 죽은 동학군이거나 6·25 때 총 맞아 죽은 이웃집 할아버지로 보이기도 한다. 지금은 디지털이 세상을 지배하는 첨단과학 문명시대이기는 하지만 당산나무는 여전히 시골의 마을 사람들에게는 신성한 존재이다. 고향을 떠난 사람들에게는 여전히 그리움의 푸른 깃발이 되고 있으며 꿈을 잃어버린 사람들에게는 빛나는 꿈이 되고 있다.

늙은 느티나무

긴 세월 동구밖에 서서
먼 길 떠난 아들 기다리는
늙은 어머니
왜놈과 싸우다 죽은 의병이거나
죽창 든 동학군 할아버지
그 넉넉한 가슴으로
보이지 않는 것들까지

끌어안고 꿋꿋이 서 있다
닿을 수 없는 과거의 시간
기억의 밑바닥에 뿌리 내리고
가지 끝 우듬지 높이만큼
세상 아우르며
떠나는 자보다
돌아오는 자 위해
펄럭이는 고향의 푸른 깃발
오늘도 두 팔 힘차게 벌리고
떠도는 영혼 기다린다

무등을 바라보며

무등산은 언제 어디서 보나 늘 한결같은 모습이다. 봄날 무등산은 갈매빛으로 출렁인다. 나는 오랫동안 광주에서 무등산을 바라보며 살다가, 지금은 화순 쪽에서 바라보고 있다. 화순에서 보는 무등산은 또 다른 면모를 갖추고 있는 것 같다. 광주에서 무등산에 오를 때는 산의 품속을 헤집으며 깊숙이 들어가는 것 같다면, 화순에서는 어깨 위로 성큼 올라서는 느낌이다.

해발 1,187미터의 무등산은 나무와 풀과 바위와 흙으로 이루어진 단순하고 평범한 자연물이라기보다는 보통명사적이고 상징적 의미를 지니고 있다. 무등산은 우리의 역사, 문화적 축적물이자 양심과 민주주의의 상징인 것이다. 이 때문에 우리 지역 사람들은 무등을 사랑하고 무등을 보며 살아가는 것을 긍지로 삼고 있다.

무등산에는 백제 유민들의 한이 서려 있고, 김덕령(金德齡) 장군의 충혼과 동학의 대동 평등심, 광주학생의 민족혼, 5·18의 민주정신이 찬연히 깃들어 있다. 이 땅에서 살아온 우리의 선인들은 무등을 보면서, 좌절감에 빠져 있으면서도 희망을 품어 왔고 슬픔과 고통 속에서도 꿈을 키웠다.

그래서 옛 사람들은 이 지역에 목민관으로 부임해 오면 광주의 진산인 무등에 올라가보는 것을 잊지 않았다. 박선홍 씨가 쓴 『무등산』이라는 책자를 보면 부록에 고경명(高敬命) 장군의 『유서석록』이 번역되어 있다. 이 글은 1574년 4월 20일부터 24일까지 오 일 동안 고경명 장군이 칠십사 세의 광주목사 임훈(林薰) 일행과 무등산에 올라가 보고 느낀 것을, 사천팔백 자 분량의 순 한문으로 쓴 산행 감상문이다. 이들 일행은 증심사에서부터 중령·만연산·향로봉·장불재·지공터널·천왕봉·서석대·규봉암을 거쳐 화순 영신골로 내려가 방석보·화순적벽·물염정·소쇄원·식영정을 돌아보고 광주로 왔다. 이들은 단순히 무등산만 올라가 본 것이 아니라 무등산의 여러 사찰과 화순·동복·창평 등 무등산 주변의 사찰이며 정자들 외에, 문화유적들까지도 꼼꼼하게 살펴보고 기록했다. 도중에 화순현감·동복현감·창평현감 등과도 함께 어울렸다. 이 기록을 보면 그때만 해도 무등산에는 이십여 개의 사찰과 열아홉 개의 암자가 있었음을 알 수 있다.

고경명 장군의 『유서석록』을 읽고 나서 느낀 것은 옛날 목민관들은 자기 고을 백성들을 사랑하기 위해서 그 고을의 진산부터 잘 알고 사랑하려고 했다는 점이다. 그런데 지금 우리는 무등산에 대해서 얼마나 알고 있으며 무등산의 무엇을 사랑하고 있는지 궁금하다. 무등산에는 제목만 전하는 백제 가요 〈무등산가〉를 비롯하여 김덕령 장군, 정지(鄭地) 장군 외에 송재민(宋齋民)·정철(松江)·양산보(梁山甫)·김성원(金成遠)·최흥종(崔興宗)·허백련(許百鍊)·오지호(吳之湖) 등의 인물과 관련된 역사와 문화유적이 많다. 또한

721종의 식물이 자생하고 있다. 특히 북방계 식물로 좁쌀처럼 아주 작고 아름다운 꽃을 피우는 깽깽이풀이 삼밭실 근처 해발 1천 미터에서 서식하고 있음이 발견되기도 했다. 그러나 무등산을 보는 우리의 마음은 늘 부끄럽기만 하다. 그동안 무등산은 개발논리 앞에 무참히 훼손되었기 때문이다. 이미 개발논리는 산업사회의 유물로 퇴조했다. 21세기의 새로운 담론은 개발이 아니라 쾌적하고 인간적인 삶의 공간을 넓히는 일이다. 21세기 삶의 질은 자연과 인간의 친화력을 회복하고 인간과 과학의 조화로부터 가능하다는 것을 깨닫게 되었다. 이제 개발논리는 버려야 한다. 개발보다는 무등산을 새로운 문화권으로 보존하여 아름다운 삶의 터전으로 가꾸어야 한다.

이제는 개발보다는 무등산이 보유한 문화유적들을 하나하나 복원하고 지금 확보하고 있는 문화를 잘 보존하는 일이 더 시급하다. 이와 함께 무등산 수박·지산동 딸기·춘설차 등 특산물 개발이 필요하다. 무등산은 이 같은 역사와 문화 속에서만이 보통명사적 명예와 자존심을 회복할 수가 있는 것이다.

무등산 가는 길

푸른 기억의 칼날 세우며
불면의 가을 밤 지새우고 난 아침
홀로 자동차 몰고
무등산 가슴으로 달려갔다
FM 라디오에서 흘러나온

금당산 옥녀봉에서 본 무등산 일출, 전남 광주, 1990

임방울 쑥대머리 들으며

잣고개 너머 원효사 가는 길에는

새벽에 쏟은 코피처럼

핏빛 단풍이 바람 헤치며 흩날렸다

아무도 찾아오지 않는

茶兄 선생 시비 앞 오래된 벤치에는

산벚나무 낙엽 두어 닢 조용히 내려와

햇살과 함께 쓸쓸히 쉬고 있었다

선생님께 인사하고

낙엽 깔고 앉은 나는

첫사랑 맛이라며

시인이 내게 처음 사 주었던

칼피스 생각에 그만 목이 탔다

기억 속의 길을 거닐며

오랜만에 광주천변을 거닐었다. 평생을 거의 광주에서 살아왔으면서도 광주천변을 하류 끝까지 거닐어 보기는 이번이 처음이다. 졸작 소설 『타오르는 별들』에 1923년의 광주천변 모습을 묘사하기 위해 일부러 시간을 내어 걸었다. 광주학생독립운동이 중심소재가 되는 이 소설에서, 당시 학생운동과 사회운동의 중요한 장소가 된 흥학관(興學館)이 광주천과 지척에 있었기 때문이다. 20년대 초에 광주천에서 가까운 불로동과 황금동·충장로는 주로 일본 사람들이 거주하고 있었다. 이 무렵 충장로 상권은 이미 일본 사람들이 독차지했다.

비 온 뒤끝이라 광주천에는 물이 넉넉하고 맑게 흘렀다. 최근에 광주천이 많이 정화되었다는 말을 들었는데, 듣던 대로 물도 맑아지고 주변도 그런대로 정리가 되어 있었다. 하류 둔치에서는 많은 시민들이 산책을 하는 모습도 볼 수가 있었다. 그동안 광주천 살리기 운동이 어느 정도 성과를 본 것 같다. 그러나 양동 복개상가를 보면 광주천의 숨길이 뚝 끊겨진 것만 같아 숨이 막

혔다. 나는 복개상가 때문에 답답해진 가슴을 쓸어내리며 머릿속으로 1923년의 광주천 모습을 열심히 그려 보았다.

굽이굽이 용틀임하듯 물이 굽어 돌아 흐르는 널따란 광주천에는 여기저기 하동들이 물장구를 치며 멱을 감고 있었다. 투망질로 물고기를 잡는 사람들도 있었고 상류 쪽 팽나무 그늘 밑에서 한가롭게 낚시질을 하는 사람도 띄엄띄엄 보였다. 둑도 없는 천변에는 팽나무며 미루나무·실버들나무 들이 숲을 이루었고, 물 가까이에는 넓은 모래사장이 펼쳐져 있었다. 한때 이곳에서는 의병들을 처형하기도 했는데, 지금은 닷새마다 부동방장이 선다. 광주천 가까이 다가가자 물줄기를 막은 보가 있고, 보 아래쪽에 작은 쪽배가 떠 있는 큰 웅덩이가 보였다. 주변에 아름드리 팽나무와 버드나무가 우거져 있는 웅덩이에 수상 누각을 지어놓고 술을 마시는 사람들의 모습도 보였다. 규모가 큰 집이 들어서 있는 것을 보니 요릿집인 듯했다. 부동교 나무다리 근처 휘휘 늘어진 수양버드나무 밑에는 쇠코잠방이 차림의 어른들 네다섯 명이 누더기가 다 된 팔덕선을 부치며 장기를 두느라 떠들썩했다. 광주천 건너편 사직공원의 야트막한 산자락 끝 마루턱에 세워진 양파정이 헌걸스러워 보였다.

소설 『타오르는 별들』에 묘사된 광주천 모습의 한 장면이다. 그 무렵 광주천은 제방도 없었고 직강공사를 하기 전이라, 물이 굽이굽이 휘돌아 흘렀으며 아름드리 버드나무들이 숲을 이루었다. 모래사장이 펼쳐져 있었으며 강폭은 지금의 다섯 배도 더 되었다. 광주천에는 세 곳에 물막이를 만들어 유속을 조절했는데 부동방장 근처에 조참보가 있었다. 그 주변에는 고목들이 푸른 그늘을 넉넉하게 덮었다. 그리고 지금의 적십자병원 앞, 배를 띄워 놓은 웅덩이의 누각은 '하루노야'라는 일본식 요릿집이었다. 광주천을 끼고 있는

1920년대 광주시 전경과 광주천(자료사진, 일본 국서간행회)

불로동과 황금동에는 요릿집이며 여관들이 많았다. 일본 사람들이 누각을 짓고 배를 띄워 술판을 벌였다니 광주천에도 우리 민족의 슬픈 역사가 흐르고 있다. 그런가 하면 부동교 근처의 광주천은 의병의 처형장이 되기도 했는가 하면, 3·1만세운동도 작은 장인 이곳에서 시작되었다.

내 기억 속의 광주천은 1951년으로 거슬러 올라간다. 그때 우리 가족은 6·25전쟁 때문에 고향을 떠나 광주천 상류인 학운동 배고픈 다리 근처 원머리라는 곳에 셋방을 얻어 네 식구가 뒤엉켜 살았다. 그 무렵까지만 해도 원지교 아래쪽 천변은 소나 말이 한가롭게 풀을 뜯는 방목지였고, 기마장 근처 천변에는 나무시장이 끝없이 이어져 있었다. 나는 뒤늦게 학강초등학교를 다녔는데 천변 길을 따라 학교를 오가면서 멱도 감고 고기를 잡기도 했었다. 한여름이면 더위를 피해 거의 광주천에서 살다시피 했다. 70년대 초까지만 해도 광주시에서 광주천에 빨래터를 만들어 놓아 아낙들의 빨래하는 모습을 볼 수가 있었다.

광주천은 광주의 핏줄과도 같다. 피가 맑아야 광주가 건강하다. 그러나 그동안 많은 사람들의 노력에도 불구하고 광주의 피는 아직 흐리다. 더욱이 양동시장 복개로 핏줄이 막혀 있기까지 하다. 반세기가 넘게 광주 시민으로 살아오면서 가장 부끄럽고 후회스러운 일이 있다면 경양방죽을 메우고, 태봉산을 없애고, 시내 곳곳에 서 있었던 아름드리 나무들을 베어 없애 버린 일을 그냥 보고만 있었다는 것이다. 왜 그때 광주 사람들은 그 같은 엄청난 범죄를 바라보고만 있었을까. 그때를 살았던 우리 모두는 바보들이었다. 이제 태봉산을 다시 쌓아올리고 경양방죽을 다시 팔 수는 없다. 그러나 광주천 복개

부분만은 되살려야 한다. 막힌 핏줄을 뚫어 주어야 광주가 생태적 건강을 회
복할 수가 있는 것이다.

정겨운 토박이말

나이가 들수록 오랫동안 잊고 있었던 토박이말들이 불쑥불쑥 되살아나 놀랄 때가 있다. 오늘 아침에도 종이 쓰레기를 치우는 아내한테 "신문지와 파지를 같이 쨈매소"라고 말하고, 마치 잃어버렸던 보물을 찾기라도 한 것처럼 오달진 마음에 싱긋싱긋 웃었다. '쨈매다'는 말은 '묶다'의 토박이말로 어려서 내가 자주 썼었다. 그러던 것이 도시에 나와 살면서부터 잊고 말았다. 이처럼 나는 오랫동안 사용하지 않았던 토박이말이 튀어나오면 메모를 해 두었다가 작품에 써먹곤 한다. 얼마 전에는 '뛴잔뛴잔하다'라는 말이 생각나서 "자네 뭣 땜시 아침부텀 돈대에 나와서 뒷짐 지고 뛴잔뛴잔헌가?"라는 대화로 소설에 써먹었다. '뛴잔뛴잔하다''뛴잔거리다'는 '기웃기웃하다''여유롭게 서성거리다'라는 의미와 비슷하다.

나는 비교적 소설에서 토박이말을 자주 쓰는 편이다. 그래서 아주 오래전에는 전라도 토박이말만 가지고 「열녀야 문 열어라」라는 단편소설을 쓴 적도 있다. 나는 토박이말이야말로 그 지역 사람들의 혼이 담긴 말이라고 생각한다. 그래서 나는 '방언'이나 '사투리'라는 표현보다 '토박이말' 혹은 '지역어'라고 해야 옳다고 생각한다. 표준어가 서울지방 사람들이 주로 쓰는 말이라면, 지역어는 지역 사람들이 쓰는 말이다. 그리고 지역마다 그 지역 사람들의 성품이나 정서가 담긴 지역어가 있는 것이다. 백제시대에는 부여 사람들이 썼던 말이, 신라 때는 경주 사람들이 썼던 말이 표준어가 되었지 않겠는가.

내가 소설에서 토박이말을 즐겨 쓰는 이유는 내 소설에 등장하는 전라도 사람들 삶의 모습을 보다 생생하게 보여주기 위한 것이기도 하지만, 또 다른 이유가 있다. 전라도 토박이말은 따뜻함과 정겨움이 배어 있다. 그래서 우리 삶에서 정겨움과 따뜻함을 되살리기 위해서라도 토박이말을 자주 써서 그 활용도를 높이고자 한 것이다. 말은 쓰지 않으면 사장되게 마련이다. '겨우' 보다는 '포도시'가, '가까이'보다는 '뽀짝'이 얼마나 더 정겹게 느껴지는가.

"표준어로 쓰면 소설이 훨씬 잘 팔릴 텐데, 사투리를 뺄 수 없어요?"

서울의 어떤 출판사 사장이 내게 말한 적이 있다. 그의 말대로 표준어만으로 소설을 쓰면 타 지역 독자들이 쉽게 읽을 수 있어 내 소설이 더 잘 팔릴 수 있을지 모른다. 하기야 베스트셀러 소설치고 토박이말로 쓴 작품이 별로 없지 않은가. 그러나 내 소설에서 토박이말을 빼 버린다면 등장인물들의 혼이 빠져나가 버린 것이나 진배없지 않겠는가.

요즘 영화나 드라마에서 등장인물들이 토박이말을 쓰는 것을 자주 본다. 그런데 내가 들어볼 때 뭔가 어색하고 억지스럽기만 하다. 전라도에 살면서 몸에 배어 육화되어 나온 토박이말이라야 자연스럽다. 그리고 드라마에서 전라도 토박이말을 쓰는 것을 보면, 가정부나 막일꾼 등 밑바닥 사람들이 대부분이다. 또 군사독재 시절에는 전라도 사람들이 서울에 살면서 의식적으로 토박이말을 쓰지 않으려고 했었다. 그러나 이제 기죽을 필요가 없다.

"긍께, 넘덜 눈치코치 볼 것 없이, 징허게도 정겨운 전라도 말 꽉꽉 써 불장께."

충장로, 그 영원한 사랑

충장로는 무등산과 함께 광주를 상징한다. 광주 출신들은 멀리 떠나 있는 동안에도 충장로를 생각하면 걷잡을 수 없을 정도로 가슴이 설레게 마련이다. 저마다 충장로의 추억과 그리움을 간직하고 있기 때문일 게다. 나이가 지긋한 사람일수록 충장로에 대한 뜨거운 그리움이 가슴 밑바닥에 희미한 옛 사랑의 추억처럼 찐득하게 가라앉아 있다. 「휴전선」으로 유명한 광주 출신 박봉우 시인은 늘 충장로 '전봇대집(충장로 1가에 있었던 주점)'에서 홍탁 한 사발 들이키고 무등산을 바라보며 죽고 싶다고 했다. 또한 김현승 시인은 숨을 거두기 전, 문병 간 제자들에게 마지막으로 충장로를 한번 거닐고 '신성다방(제일극장 옆에 있었던 다방)'에서 진한 커피를 마시고 싶다고 말했다.

칠팔십년대까지만 해도 광주 사람들은 충장로를 통해서 자신의 아름답고 빛나는 미래를 꿈꾸었다. 광주 사람들에게 충장로는 꿈의 시발점이었고, 약속과 만남의 공간이었다. 그래서 충장로에는 언제나 어깨가 스칠 정도로 인파가 물결쳤다. 주황색 네온사인이 물결치던 밤의 거리는 꿈속처럼 찬란했다. 충장로만 나오면 삶의 궁핍이나 외로움을 망각할 수가 있었다. 그 때문에 광주를 떠났던 사람들이 고향에 돌아오면 집에 들르기 전에 먼저 찾는 곳이 충장로였다. 충장로는 광주의 상징이자 자존심이기도 했다. 그래서 타지 사람들을 만나면 충장로 자랑부터 하게 마련이었다. 서울의 명동이나 부산의 남포동에 비할 바가 아니었다. 충장로에는 앞서가는 유행과 문화가 숨 쉬고 있었다.

충장로는 거대한 고래의 등뼈처럼 곧게 뻗어 있다. 1가에서 5가까지의 직선도로는 갈비뼈처럼 많은 골목들을 끼고 있고 골목마다에는 소문난 음식점이며 술집·양장점·양복점·미용실·서점·다방·당구장·악기점·레코드점·금은방·안경점·구두방, 외에 명품 가게들이 즐비했다. 생선가게와 푸줏간만 빼고 다 있었다. 등뼈에 자리 잡은 큰 가게들의 화려함과 오밀조밀하고 아기자기한 옆골목의 소박한 가게들이 한몸처럼 조화를 이루며 꿈틀거렸다.

충장로에는 몇 군데 명소가 있었다. 그 명소들은 시대의 변화에 따라 번성과 쇠락의 부침이 이어졌다. 최초의 명소는 충장로 끝자락 5가에 있었다. 광주에서 가장 컸던 잡화 도매상이었던 용문당도 5가에 있었다. 내가 중학교에 다니던 오십년대까지만 해도 충장로 5가에는 대표적인 잡화 도매상이 여럿 있었고, 시외버스 버스 터미널도 가까워 늘 북적거렸다.

육십년대에는 4가 조흥은행 앞 네거리 부근이 제법 홍청거렸다. 이 부근에는 포목집이며 시계점·양복점·금은방이 많았다. 광주극장도 가깝거니와 광주천 다리 건너 광주공원이 지척이어서 산책하는 시민들로 넘쳤다. 육십년

충장로, 전남 광주, 2008

대 중반까지만 해도 다리 건너 천변에는 판잣집들이 양동시장 끝까지 다닥다닥 잇대어 있었다.

충장로의 전성시대는 칠십년대였다. 칠십년대 충장로의 명소는 충장파출소에서 가까운 용아빌딩과 한국은행 부근이었다. 시인 용아 박용철 씨 부인이 지은 용아빌딩에는 지하에 노벨다방, 이층 판문점다방이 있었고, 오층에는 광주 문인들이 사랑방처럼 들락거렸던 타워 그릴이 있었다. 특히 한국은행 앞에는 꽤 널따란 공간이 있었는데, 이곳이 약속장소가 되었고 밤에는 많은 젊은이들이 여기에 모여들곤 했다. 더욱이 옆에는 광주에서 가장 큰 서점과 레코드 가게·악기점이 있었으며, 한 블록 너머에 제일극장이 자리 잡았다. 조금 떨어진 곳에는 광주에서 가장 오래되었고 규모가 큰 제과점 부래옥과 백화점도 있었다. 그리고 파출소 앞에서 금남로 쪽으로 모퉁이를 돌면 전남일보사가 있었고, 허니문음악실이 있어, 이곳이 광주의 문화중심이 되었다. 그러나 칠십년대 말 중앙로가 생기면서 충장로가 토막이 났고, 한국은행이 옮겨가자 충장로의 명소였던 이곳의 명성도 차츰 시들해지고 말았다.

팔십년대까지만 해도 충장로는 여전히 광주의 심장이었다. 팔십년대 충장로의 중심은 우체국과 나라서점 앞이었다. 우다방(우체국) 나다방(나라서점)에는 젊은이들의 만남의 장소가 되어 밤늦도록 북적거렸다. 내가 대학생이었던 육십년대 초, 나는 카네기음악실에 월권을 끊어 도시락을 싸 가지고 매일 출입을 하다시피 했다.

궁핍했지만 낭만이 있었던 그 시절, 음악실이 자리 잡았던 조선대동창회관 이층 구석에는 화가를 꿈꾸던 강연균의 붕어빵 화실이 있어 우리들은 이곳에서 자주 만나 문학과 미술 이야기로 꽃을 피웠다.

화려했던 충장로의 숨결이 시들해지기 시작한 것은 아파트 시대가 오면서부터였다. 변두리에 아파트가 들어서고 금남로 지하상가가 생기고 마이카 시대가 되면서부터, 광주의 중심 상권이 외곽으로 확산되었고, 충장로는 차츰 추억의 공간으로 퇴락하기 시작했다. 그러나 충장로는 광주 사람들에게 여전히 젊음과 꿈과 사랑과 그리움의 거리임엔 변함이 없다. 그리고 우리 모두는 추억을 되살리고 싶어 한다. 추억은 죽은 시간의 무덤이 아니라 살아 있는 미래의 빛나는 꿈이 될 수 있기 때문이다.

충장로가 되살아 나야 광주의 상징, 그리고 명성과 자존심을 회복할 수가 있다. 시내버스가 없던 시절에도, 한 시간 이상을 털레털레 걸어서 충장로로 몰려나왔던 그 시절이 오늘따라 더욱 그립다.

전라도 가을과 깊은 맛

전라도의 가을은 지금 홍염(紅焰)처럼 타오르고 있다. 더욱이 전라도에서는 음식과 판소리가 단풍을 만나 화려한 빛깔과 더불어 그 맛과 신명을 한껏 떨치고 있다. '낙안 음식축제' '광양 전어축제' '영산포 홍어 젓갈축제'와 함께 '보성 소리제' 등 단풍과 음식과 소리가 한판 푸짐하게 어우러진다.

지난주 서울에서 소설을 쓰는 후배가 첫 전라도 여행길에 나를 찾아왔었다. 이름난 작가들의 서화가 걸린 식당에서 오천 원짜리 점심을 사 주었더니, 스무 가지가 넘는 반찬에 밥 두 그릇을 뚝딱 먹어 치웠다. 저녁에는 일식집에서 매실주 한 병을 시키자 공짜 안주가 잇따라 나오는 것을 보고 감탄했다. 전라도의 푸짐한 먹을거리 인심과 감칠맛 나는 음식 맛에 연신 감격해하는 그의 모습을 본 나는 왠지 즐겁고 흐뭇했다. 이럴 때 나는 이 땅에 태어난 것에 대해 간질간질한 행복을 느낀다.

전라도는 맛과 멋의 고장이다. 그래서 옛날에 전라도에서는 시집간 딸이 친정에 오면 먼저 "먹는 것은 제대로 해 먹고 살더냐"라고 물었다고 한다. 충

전남 광주, 2002

청도 사람들이 예절을 중히 여기고 서울 사람들이 옷사치, 경상도 사람들이 집사치 하기를 좋아했다면 전라도에서는 입사치를 으뜸으로 쳤다. 그래서 전라도에 이 년쯤 있다 가면 그림에 눈을 뜨고 입맛을 안다고 했다.

내가 사랑하는 전라도 음식은 전어 창자로 만든 돔배젓, 머리털같이 가늘고 긴 매생이국, 아주 맑은 민물새우로 담은 토하젓, 모챙이젓, 홍탁, 고들빼기 김치 등이다. 특히 메주를 빻아 고춧가루와 함께 찰밥에 버무려 간장을 조금 친 다음에 두엄 속에 묻혀 발효시킨 집장의 새콤달콤한 맛이 별미다. 이런 음식 맛을 전라도 사투리로 '개미가 있다'라고 한다. 이 말은 '담백하고 소박하며 깊은 맛이 있다'는 뜻이다. 이렇듯 전라도 음식은 결코 사치스럽거나 기름지지 않고 담박하다.

닷새 동안 전라도 여행을 마친 후배가 서울에 도착해서 전화를 했다.

"보성에서 판소리를 들으며 전어회도 먹어 봤고, 무안에서 기절낙지도 맛봤구만이라. 징허게도 맛있습디다. 선배님이 고향을 뜨지 않은 이유를 인자 알 것 같습니다요."

그새 전라도 사투리를 배운 후배는 자기도 전라도에 내려와 살고 싶다고 했다. 아직도 전라도를 비뚤어진 눈으로 보는 사람이 있다면 한번쯤 전라도에 와서 이 '개미가 있는' 음식들을 먹어 보라고 권하고 싶다. 그러면 전라도 사람들의 참으로 넉넉하고 속 깊은 마음을 알 수 있을 것이다.

문화가 밥이다?

요즘 많은 사람들이 문화를 이야기한다. 21세기는 문화의 시대라느니, 문화산업은 굴뚝 없는 공장이라느니 입버릇처럼 말한다. 특히 광주를 문화수도로 지정하고 국책사업으로 옛 전남도청 자리에 아시아문화전당을 건립하게 되면서부터, 문화라는 말은 우리 귀에 매우 익숙해지고 있다.

그렇다면 문화란 무엇인가. 라틴어 칼트라(caltra)에서 비롯된 컬처(culture)라는 말은 경작·재배를 뜻하는데 나중에 교양·예술 등의 의미를 가지게 되었다. 영국 인류학자 타일러는 "문화란 지식·신앙·예술·도덕·법률·관습 등 인간이 사회구성원으로서의 획득한 능력 또는 습관의 총체"라고 정의하고 있다.

나는 문화는 삶이라고 생각한다. 삶 속에 문화가 있고 문화 속에 삶이 있기 때문이다. 의식주는 물론 자신이 일하고 사유하는 그 자체가 곧 문화생활이라고 할 수 있다. 농경사회와 산업사회를 거쳐 정보사회에 들어서면서부터 우리의 삶은 문화의 중심을 차지하게 되었다. 흔히들 21세기의 화두는 세계화·정보화·명상이라고들 한다. 21세기에는 물질적 삶보다 정신적 삶이 우리를 지배하게 됨에 따라, 누구나 질 높은 삶을 살기를 원한다. 질 높은 삶이란 바로 문화적 삶을 말한다. 누가 더 많은 문화를 접하고 많이 느끼면서 사느냐를 따지게 된다는 것이다. 이 세상은 수만 가지 문화의 색깔로 이루어져 있는데, 잘산다는 것은 그 많은 색깔을 제대로 보고 느끼며 산다는 것을 의미한다.

우리가 가난했던 시절에 문화는 우리와 먼 거리에 있었다. 미래학자들은 GNP 일만 불 시대가 되면 비로소 문화가 보이고, 이만 불 시대가 되면 문화에 관심을 갖게 되며, 삼만 불 시대가 되면 문화를 즐기게 되고, 오만 불 시대가 되면 문화로 밥을 먹고 산다고 한다. 문화가 밥이 되는 세상은 이제 얼마 남지 않았다.

지금 세계 각국은 문화로 밥 먹고 살 수 있는 콘텐츠를 찾는 데 혈안이 되어 있다. 문화산업을 부가가치 높은 지식창조 산업으로 개발하기 위해 블루오션(blue ocean) 전략을 서두르고 있다. 국내 자치단체장들도 문화상품 개발로 소득 향상을 꾀하기 위해 적극적이다. 준 엑스포 성격으로 발전하고 있는 함평 나비축제가 크게 성공한 예다. 무에서 유를 창조한 함평 나비축제는 관람객 연인원 삼백만 명에 일백억 원의 경제적 효과를 달성했다고 한다.

문제는 문화 마인드이다. 지금까지는 경제 마인드만으로도 지도자가 될 수 있었지만 앞으로는 국가 최고지도자는 물론 CEO와 자치단체장들도 문화 마인드가 없이는 최고경영자가 될 수 없다. 물론 국민들에게도 문화 마인드는 중요하다. 그렇다면 어떻게 문화 마인드를 높일 수 있겠는가. 문화 마인

실상사 백장암, 전북 남원, 1990

드를 높이기 위해서는 문화철학을 확립하고 문화자각운동이 필요하다. 충분한 인프라 구축과 교육을 통해서 문화를 보는 안목을 높여야 한다. 우리 주변에 어떤 문화가 있는지 인식하고 체험적으로 많이 접해 보는 것이 중요하다. 문화에 눈을 뜰 수 있게 하기 위해서 지역단위의 박물관·미술관·공연장·도서관 등 작은 문화 공간 인프라가 구축되어 있어야 한다. 프랑스 부르고뉴 종합향토박물관을 중심으로, 협력박물관 성격의 동네 전시관 겸 체험장이 열두 개나 되는 것은 우리도 본받을 만하다. 우리나라에도 강원도 영월의 경우 책박물관·곤충박물관·만화박물관·민화박물관·민속박물관·김삿갓기념관·사진박물관 등 소단위 문화공간을 만들어 동강의 자연과 연계, 관광상품으로 성과를 거두고 있다.

그런 점에서 광주 문화수도가 가시화된다면 우리 지역도 새로운 문화시대를 맞게 될 것이다. 국책사업인 아시아문화전당이 세워지면 화순·담양·장성·나주 등 인접지역에도 많은 영향을 주게 될 것은 뻔하다. 특히 세계적인 문화유산인 고인돌과 운주사 등 문화자원이 풍부한 화순으로서는 광주 문화수도와 연계해 발전의 계기를 잘 활용해야 한다. 광주와 인접한 담양과 화순으로서는 이에 대한 전략적 접근이 시급하다. 광주 인접지역은 앞으로 문화수도 광주의 영향권 안에 들게 되고, 그 파급효과가 매우 크다고 할 것이다. 이제 문화로 밥 먹을 수 있는 전략을 세워야 한다. 무등산·백아산·모후산 등을 배경으로 비교적 생태계가 잘 보존되고 있는 화순은 자연과 정신문화 유산을 접목시킨다면 부가가치 높은 문화상품을 창출할 수 있을 것이다.

북·장구 소리가 사라진 고향

얼마 전 나는 면에서 군수와 면민들과의 대화에 참석한 적이 있었다. 이 자리에서 농민들의 가로등을 설치해 달라는 민원이 가장 많은 사실을 알고 그게 당연하다고 생각했다.

너무 깜깜해서일까. 오늘의 농촌에는 농촌만이 가지고 있어야 할 문화가 없다. 기껏해야 텔레비전이나 라디오 문화를 접할 수 있는 정도이다. 특히 전통놀이문화마저 완전히 뿌리 뽑혀진 느낌이다. 전기가 들어오지 않았던 60년대까지만 해도 농촌에서는 마을마다 정월 내내 징소리가 요란했다. 그런데 지금은 깜깜한 어둠 속에 묻힌 농촌은 설이나 추석과 같은 대명절에도 을씨년스럽기만 하다. 읍에라도 나가야 농악대 구경을 할 수 있을 정도다.

왜 이렇듯 우리들의 고향이 변질되어 버린 것일까. 70년대에 들어 이른바 산업화의 영향으로, 이농현상과 함께 농촌이 황폐되기 시작했고, 농촌공동체가 무너지면서 문화도 함께 매몰되고 만 것이다. 문화가 없으니 생활이 건조할 수밖에 없다. 건조한 삶 속에서 농민들이 내일을 꿈꿀 수 없는 것은 너무도 당연하다.

옛날에는 마을마다 문화 전문인들이 많았다. 북·장구며 꽹과리 잘 치는 사람, 소리 잘하는 사람, 상여 소리 잘하는 사람, 춤 잘 추는 사람, 재담이며 이야기 잘하는 사람, 토정비결 잘 보는 사람, 방구들 잘 고치는 사람, 밥상 고치는 사람, 테멜꾼, 염장이, 씨름꾼 등…. 모두들 저마다 나름대로의 재주가 있었고, 이런 사람들이 한데 어우러져 서로 돕고 위로를 받으며 살았다. 비록 가난했지만 그 공동체 삶 속에 흥겨움과 믿음과 사랑과 행복이 있었다. 명절이면 이들이 한덩어리가 되어 자기네들의 재주를 마음껏 드러내 서로를 즐겁게 해주려고 하였다. 염장이는 사람이 죽으면 몸을 사리지 않고 나서서 염을 해주었고, 붓글씨 잘 쓰는 사람은 정월이면 집집의 대문마다에 입춘대길(立春大吉)을 써 붙여 주었다. 명절이 아니더라도 궂은 일, 좋은 일에 마을 사람들이 다 나서서 더불어 슬픔과 기쁨을 함께 나누었다. 또 농한기 사랑방이나 아낙들 길쌈방에서는 오늘날의 마당놀이나 텔레비전 토크쇼는 저리 가라 할 정도로 볼거리 구경거리 들이 많아, 고단한 삶 속에서도 웃음이 그치지 않았다. 진정한 공동체의 찐득한 삶이 거기에 있었다.

그런데 지금은 어떤가. 그들은 모두 어디로 사라져 가 버렸는가. 징소리도 들을 수 없고 토정비결을 봐줄 사람도 없다. 징소리를 들을 수 있는 것은 일 년에 한 차례씩 시·군에서 주최하는 향토문화제나 도에서 여는 민속경연대회가 고작이다. 그것도 해마다 똑같이 정해진 놀이에다 정해진 사람들이 나오게 마련이다. 볼거리의 소재도 한정되어 있어 도무지 신명이 나지 않는다.

한천리 농악대, 전남 화순, 1991

우리 농촌이 이렇듯 경제적으로도 정신적으로도 황폐해진 이유가 어쩌면 '신앙의 상실' 때문인지도 모르겠다. 옛날에는 마을을 지켜 주는 수호신을 믿고 마을의 평화를 빌었으며 집집마다에서는 신주단지를 모시고 가정의 건강과 평안을 빌었다. 부엌에는 조왕신, 안방에는 삼신, 뒷간에는 측신(厠神) 등 마을과 집안 곳곳에 신이 있다고 믿었고, 정성을 다해 이들 신을 믿고 마을과 집안의 안녕을 빌었다. 그 믿음이 바로 공동체의식을 두텁게 했고, 마을의 문화를 만들고 유지시켜 주었다.

젊은이들이 도시로 떠나 버린 농촌은 문화공동화 현상을 낳았다. 정부에서는 그동안 여러 차례 되돌아오는 농촌, 살기 좋은 농촌을 만들겠다고 했지만 날이 갈수록 농촌은 더욱 찌들어져 갔다. 이런 환경에서 진정한 농촌문화가 살아남을 수 있겠는가. 농촌을 살리기 위해서는 농촌으로 돌아오는 사람들이 이곳에 정착할 수 있도록 도와주어야 한다. 우선 가로등이라도 많이 설치해서 농촌의 밤을 밝게 밝혀 줄 필요가 있다. 그리하여 농촌의 공동체와 문화를 되살려야 할 것이다

'오월 광주' 천년의 빛으로

　푸른 오월이 광주의 중심을 지나고 있다. '점액질 한(恨)'의 계절, 무등에는 철쭉이 핏빛으로 타오르고, 금남로와 망월동에는 아직 슬픈 〈오월의 노래〉가 전율처럼 넘치고 있다. 역사의 엄숙성과 함께 온 광주의 오월은 유난히 더 푸르기만 하다. 푸름 속에서 5·18을 맞은 광주시민들은 엄숙하고 겸허한 마음으로 역사의 진정성 앞에 머리를 숙이고 있다.

　광주항쟁은 민주주의를 억압하는 세력에 저항한 역사적 사건이며, 광주시민들의 피와 눈물로써 획득한 눈부신 민주주의 꽃이다. 그러나 망월동 묘지 앞에 서면 자랑스러움보다 살아 있음이 부끄러울 뿐이다. 5·18 민주제단에 찬란한 부활의 꽃을 피워 냈지만 아직은 스스로가 떳떳하지 못하다. 그것은 굴절된 역사 속에서 잘못 비쳐지고 인식된, 광주에 대한 왜곡된 시각 때문이다. 그러나 우리는 지금 살아남은 자로서의 책임과 사명을 다시 한 번 통감하고 있다.

　그동안 진상 규명, 희생자와 부상자에 대한 보상, 국가기념일 제정, 묘지

성역화 등 많은 부분에 가시적인 성과를 얻어냈다. 거리에는 행사의 표어인 '천년의 빛(Millenium-Long Glow)' 플래카드가 영령들의 넋처럼 펄럭이고, 망월동에는 참배객들이 줄을 잇고, 각 대학교와 문화예술단체에서는 추모문화 행사로 떠들썩하다. 그러나 5·18은 여전히 '광주만의 행사' '메아리 없는 외로운 진혼곡'이 되고 있음이 안타깝다. 5·18은 역사적으로 완료된 특정지역의 비극적 사건이 아니고 억압과 독재에 항거하여 민주주의를 앞당긴 민족적 거사임을 우리는 인식해야 한다.

5·18은 끝난 것도 아니고, 특정지역의 푸념이나 한풀이는 더더욱 아니다. 정권교체가 이루어졌다고 해서, DJ가 대통령이 되었다고 해서 '광주의 오월'이 끝난 것은 아니다. 앞으로 해마다 광주의 오월은 치유되지 못한 아픔으로 다가올 것이기 때문이다. 민주주의와 인간의 존엄성을 지켜내고 아름다운 공동체적 사랑의 연대를 위해서도 아직은 현재진행형이다. 그 점에서 광주정신의 보편화와 전국화·세계화가 필요하다. 광주항쟁의 정신 속에서 민족 구성원 모두가 공유해야 할 시대정신의 요체를 꿰뚫어 보고 바르게 자리매김하기 위해서다.

민족적이고 세계사적 의미를 지닌 5·18정신을 온 국민이 함께 공유하기 위해서는 전국적인 공감대 확보와 국민적 차원의 정신계승 작업이 이루어져야 한다. 그러기 위해서 이제 5·18은 광주의 벽을 넘어서야만 한다. '아직도 5·18 한풀이냐'는 냉소적인 반응을 보이고 있는 한 5·18의 전국화는 요원하다.

5·18 정신을 전 국민이 공유하기 위해서는 새로운 '광주이즘'을 창출하지

5·18 묘역, 전남 광주, 2008

않으면 안 된다. 지금 광주에서는 '광주가 달라져야 한다'는 것이 새로운 화두가 되고 있다. 광주는 어떤 모습으로 변화해야 하는가. 그것은 광주를 꿈과 희망, 관용과 겸허함의 이미지로 탈바꿈시키자는 것이다.

　광주는 국민의 정부를 탄생시킨 여당의 모태이다. 따라서 이제 광주는 그동안 역사 속에서 축적해 온 민주역량을 창조적 에너지로 승화시켜 좌절과 피해의식을 떨치고, 정치적 아집과 편견으로부터 자유로워져야 한다. 특정 정당에 대한 맹신적인 집착으로부터 벗어날 때 광주는 비로소 역사 속에서 우뚝 서게 될 것이다. 정치로부터 자유로운 감정으로 먼저 자신감을 갖고 주체가 되어 지역감정의 벽을 허물고 화해의 시대를 열어야 한다.

　지금 오월 정신은 민주주의와 인권이라는 인류의 보편적 가치와 접목시켜야 한다는 또 다른 함의를 갖고 있다. 5·18의 새로운 지향점은 반목과 갈등, 오만과 편견의 극복과 새로운 공동체주의의 가치 모색인 것이다. 그런 의미에서 21세기의 광주정신은 평화로 가야 한다. '5·18 광주선언'은 평화와 희망의 메시지를 담고 있다. 평화의 깃발과 함께 지역갈등을 해소하고 분단을 뛰어넘어 통일로 가는 기폭제가 될 때 5·18은 비로소 민족과 함께 흐르는 도도한 역사의 물결이 될 것이다.

내장산 단풍이 고운 이유

내가 정읍 내장산을 자주 찾는 이유는 단풍의 찬란함에 유혹되어서가 아니다. 사계절의 변화가 뚜렷한 산색의 신비로움에 도취된 때문이다. 내장산은 사계절 모두 한껏 특별한 아름다움으로 자태를 드러내 주고 있다. 봄이면 특히 만산에 살구꽃이 흐드러지게 핀다. 임진왜란 때 웅치전투에서 큰 공을 세운 바 있는 김제민(金齊閔 1527-1599)은 내장산의 아름다움을 "살구꽃 핀 산속의 새 울음이 아름답구나"라고 노래했다. 여름이면 비자나무 숲의 향기도 일품이고 도덕폭포·금선폭포의 시원함에 더위를 잊는다. 특히 금선계곡의 맑은 물소리가 아름답다. 가을이면 다섯 가지 단풍 색깔이 이 온 산을 붉게 물들인다. 특히 상강 무렵의 된서리가 내릴 무렵의 단풍 빛깔은 윤기 자르르한 가을 햇살과 한데 어울려 눈이 부시다.

첫서리가 내릴 무렵 햇살 속으로 가까이서 단풍을 들여다보자면 찬란한 색깔이 시시각각으로 변하는 것을 알 수 있다. 그리고 하룻밤을 새고 나서 다시 보면 어느새 다섯 가지의 빛깔이 더욱 화사하게 짙어지면서 그 화려함에 온통 마음까지 설렌다. 그런가 하면 겨울의 내장산은 마치 설경산수를 펼쳐 놓은 듯 사방이 정갈하다. 금선폭포 주변의 빙벽도 장관이려니와 눈이 휘날리는 겨울날 서래봉의 톱날 같은 바위 끝이 하늘을 떠받치고 있는 듯 신비롭기만 하다.

나는 단풍철에는 되도록 내장산을 찾지 않는다. 발을 들여놓을 틈도 없을만큼 인파가 몰리기 때문이다. 단풍이 한창 흐드러질 때보다는 서리가 내리기 직전의 첫 단풍이 들기 시작할 때나, 잎이 사그라지기 직전 마지막 빛깔을 삽상한 햇살 사이로 아낌없이 토해 내는 늦가을을 선택한다.

광주에서 내장산을 찾아갈 때 나는 고속도로 쪽보다는 담양 추월산을 안고 돌거나, 장성의 백양사를 경유하기 위해 추령(秋嶺)을 넘는다. 광주에서 담양을 지나 추월산을 안고 순창 복흥을 경유하거나, 백양사 쪽으로 추령을 넘는 길은 전라도 특유의 아기자기한 아름다움이 있다. 특히 추령에서 발부리 아래를 내려다보면 내장산 안통 정경이 마치 배를 갈라놓은 짐승의 내장을 들여다보듯 한눈에 들어온다. 서서히 차를 몰고 추령의 좁은 굽이 길을 더듬어 내려가면 아찔한 현기증에 정신이 맑아진다. 내리막길 중간쯤에 자리한 약수 한 모금으로 목을 축이고 나서, 손에 잡힐 듯한 내장산을 둘러보면 일곱 봉우리들이 옅은 잿빛으로 하늘에 맞닿아 쭈빗쭈빗 키재기를 하는 듯하다.

내장산의 단풍 구경을 제대로 하려면 벽련암 앞 큰 은행나무 앞에 서 봐야한다. 이곳에서 내장산 단풍을 내려다보고 있노라면 그야말로 이 세상의 온갖 아름다운 빛깔들이 다 모여 색깔 잔치를 벌이고 있는 것 같다. 삼십여 종의 활엽수가 한꺼번에 경쟁이나 하듯이 빚어내는 색깔들의 축제야말로 이 세상에서 가장 아름다운 한 폭의 거대한 화폭 그대로다. 층계로 올라 벽련사의 대웅전 뜰에 서서 서래봉을 올려다보면 또 다른 장관이 펼쳐져 자신도 모르게 탄성이 터지기 마련이다. 대웅전 뒤 대숲 위로 펼쳐진 서래봉은 거대한 날개를 펴고 하늘로 치솟는 한 마리 새의 모습이다. 이곳에서 쳐다보는 서래봉은 마치 하늘의 절벽처럼 신비롭다.

나는 내장산의 여러 절경 가운데서도 벽련사 대웅전 뜰에서 올려다보는 서래봉을 제일로 치고 싶다. 이곳에 와 본 사람이면 누구라도 탄성을 지르지 않을 수 없다. 더욱이 해넘이 무렵 저녁 예불 종소리를 들으며 하늘의 궁전처럼 신비롭기 만한 서래봉을 올려다보고 있노라면, 살아 있음에 대한 감사함과 행복감에 젖기 마련이다. 벽련암에서 서래봉으로 오르는 길은 단풍나무 숲길로 잘 닦여 있다. 석란정(石蘭亭) 터를 지나 산 중턱쯤부터서는 백양사 입구에서 볼 수 있는 수백 년 된 참나무들이 하늘을 가린다.

나는 산에 오를 때마다 내 나름대로 인생의 이치를 조금씩 깨닫는다. 산에 오르는 것이나 우리가 세상을 살아가는 일은 결과보다 과정이 중요하다는 것을 늘 절실하게 알게 된다. 주변의 나무도 살피고 새소리도 듣고, 때로는 잠시 발길 멈추고 숨을 들이켜며 발부리 아래의 풍광도 둘러보며, 여유 있게 천천히 산을 오르는 것이 얼마나 의미 있는 일인가. 정상에 오르고 못 오르는 것은 별로 중요하지 않다. 정상에 오르는 것을 목표로 산행을 하게 되면 정상만 보일 뿐 진정한 산은 보이지 않게 마련이다. 마찬가지로 우리가 세상을 살아갈 때도 결과로서 무엇이 되었느냐보다는 얼마나 세상 구경을 구석

내장사의 단풍, 전북 정읍, 1989

구석 골고루 잘하고 가느냐 하는 것이 중요하지 않겠는가. 그 때문에 나는 세상을 살아가는 자세로 산에 오른다. 힘겨운 일에 부딪힐 때마다 가파른 서래봉을 오른다. 흠씬 땀을 흘리고 서래봉에 오르면서 삶의 고단함을 느낀다.

군이 산에 오르지 않고 내장사의 경내를 거닐거나 내장사를 가운데 두고 좌우의 두 계곡을 산책해도 좋다. 내장사 매표소에서부터 내장사까지의 단풍도 일품이려니와 주변 경관이 잘 다듬어져 있다. 절의 규모는 그리 크지는 않지만 단풍철이면 수많은 사람들이 몰려든다. 그러나 단풍철이 아니라도 남금강이라고 부를 만큼 사계절 모두 주변 경관이 뛰어나 언제 찾아도 후회가 없다. 특히 내장사 경내의 오래된 수목 아래 앉아서 한 마리의 새가 하늘을 향해 날개를 치고 있는 듯한 서래봉을 바라보고 있노라면 마치 극락에 와 있는 것처럼 마음이 편안해진다. 내장산은 언제나 정겹고 평화롭게 우리를 맞아 준다.

선운사 동백에 취하다

고창에 오는 사람은 동학농민군의 숨결로 가슴이 뜨거워지고 판소리 다섯 마당 가락으로 마음이 절로 흥겨워진다. 그런가 하면 선운사 동백꽃에 마음을 빼앗기고 복분자술 한 잔에 절로 취해 누구라도 차마 선뜻 떠나기를 아쉬워한다. 실제 고창 사람들이 다섯 손가락을 꼽아 자랑하는 것으로 첫째를 선운사와 동백숲, 두 번째로 모양성과 성밟기, 세 번째가 판소리 다섯 마당을 정리한 신재효와 여류명창 김소희의 고향이라는 점이다. 그리고 네 번째가 동학 총관령이었던 손화중의 고향이며, 동학 창의문을 발표한 곳이 바로 이 고장의 여시뫼이고, 마지막이 변산반도를 건너다보는 동호의 송림과 구시포의 금모래 명사십리를 꼽는다.

고창에 들러 맨 처음 찾는 곳은 역시 선운사다. 선운사 볼거리는 주차장에서부터 시작된다. 우선 개울 건너 절벽을 푸르게 덮고 있는 송악을 놓치면 안 된다. 천연기념물 5호로 지정된 송악은 가슴 높이의 줄기 둘레가 팔십 센티에 높이가 십오 미터나 된다. 내륙지방에서 자생하는 송악 중에서는 가장 크다. 본디 송악은 느릅나뭇과에 속하는 덩굴식물로 소가 잘 먹는다고 하여 소밥나무 또는 담장나무·상춘나무라고도 하며, 변산반도 이북의 내륙에서는 자라지 않는다.

자동차 통행을 금하고 있는 주차장에서부터 선운사까지의 도로변에 고창 출신 미당 서정주 시인의 시비와 선운산가비가 서 있다.

"선운사 골짜기로 / 선운사 동백꽃을 보러 갔더니 / 동백은 아직 일러 피지 않았고 / 막걸리 집 여자의 육자배기 가락에 / 작년 것만 시방도 남았습니다 / 그것도 목이 쉬어 남았습니다"라는 서정주 님 시가 새겨져 있다.

그 옆 선운산가비에도 다음과 같은 서정주 님의 시가 새겨져 있다.

나라 위한 싸움에 나간 지아비 / 돌아올 때 지내도 돌아오지 않으매 / 그림 그린 지어미 이 산에 올라 / 그 가슴에 서린 시름 동백꽃 같이 피어 / 그리하여 구름에 맞닿고 있었나니 / 그때 누구신지 너무나 은근하여 / 성도 이름도 알려지진 안 했지만 / 넋이여 먼 백제 그때 그리시던 그대로 / 영원히 여기 숨어 그 노래 불러 / 이 겨레의 맑은 사랑에 늘 보태옵소서

『고려사악지』 백제 편에 〈선운산가〉라는 백제가요가 있었다고 하나 내용은 전하지 않는다. 다만 백제 때 싸움터에 나간 남편이 돌아오지 않자 아내들이 선운산에 올라가 남편을 그리며 부른 노래라고만 전해지고 있다.

선운사 입구 숲에 이르면 물소리·새소리·바람 소리·목탁 소리가 시새움하듯 어우러진다. 실은 이 소리들이 부처님이 극락정토로 오라고 손짓하며 중생을 부르는 소리인 것을…. 이 숲 속 오른편에 부도들이 눈에 띈다. 이곳에는 조선 후기 불교중흥을 이룩한 화엄종주 백파율사비가 있다. 추사 김정

선운사 동백꽃, 전북 고창, 2009(눈빛 자료사진)

희가 백파율사의 업적을 찬양한 내용이 쓰여 있는 이 비는 추사체 글씨 연구에 귀중한 자료가 된다고 한다. 많은 사람들이 탁본을 하여 온통 비석이 먹물로 새까맣게 된 적이 있다 한다.

뭐니 뭐니 해도 선운사의 장관은 대웅보전 앞에 서서 바라보는 동백숲이다. 동백꽃이 한창 어우러지게 피는 사오월에 이곳에 서면 마치 대웅보전이 꽃 병풍을 두른 듯 아름답다. 선운사 오른쪽 비탈에서부터 절 위쪽까지 오천 평쯤 되는 산에 삼천 그루가 넘는 동백나무가 빼곡히 들어찼다. 동백숲이 워낙 울창해서 이곳에 다른 식물들은 전혀 자라지 못하고, 다만 차나무·조릿대·맥문동·실맥문동·마삭덩굴이 어울려 산다. 이 동백나무들은 언제 심었는지 분명하지는 않지만 나무 밑동의 지름이 팔십 센티미터 이상 되는 것들이 많다. 이 정도면 수령이 오백 년쯤 될 것이라고 한다. 필자가 지금까지 본 동백나무 중에서 가장 오래된 것은 여천군 돌산 향일암 가는 길목에 천 년쯤 된 것이 최고다. 이 동백나무는 '동백 할매'라고 신성시하여 제사까지 지내고 있다. 아무튼 선운사 동백숲도 절을 창건할 때, 열매를 짜서 등유로 사용하기 위해 심은 것이라고 하니 아주 오래된 것이 분명하다. 선운사 주변에는 이 동백숲에서 씨를 받아 파는 사람들이 있는데 지금은 머리에 동백기름을 바른 사람은 없지만 약용으로 더러 팔린다.

이곳의 동백이 만개하는 사월 말에서 오월쯤이면 전국에서 많은 사람들이 선운사 동백꽃 구경을 온다. 이 무렵 해마다 어린이날인 오월 오일을 전후하여 날을 받아 절 아래쪽 잔디밭에서 '동백연'이라는 이름의 동백제를 지낸다. 이날 행사에는 동백을 찬양하는 시를 지어 읊고 풍악을 울리며 꽃향기와 복분자술에 맘껏 취한다.

동백꽃 말고도 선운사에는 일 년 내내 꽃물결로 출렁인다. 동백이 지고 나면 선운산 곳곳에 연분홍 치마가 휘날리듯 복사꽃이 어우러지고, 복사꽃이 지면 주차장에서 절에 이르는 길은 벚꽃이 꽃 터널을 이루며 흐드러진다. 그리고 7월부터는 절 안에 삼백 년쯤 된 세 그루의 늙은 목백일홍이 거듭 세 차례 화사한 진분홍 꽃을 터뜨려 사찰이 온통 꽃 대궐을 이룬다. 그런데 대응보전 앞 양쪽에 있는 두 그루의 목백일홍 중에서 오른쪽 목백일홍이 작년부터 나무에 곰팡이가 슬고 꽃의 빛깔이 선명하지가 못해 못내 안타깝다.

목백일홍이 지고 나면 사찰 주변이 온통 붉은 상사화로 장식된다. 상사화는 학명으로 석산이라고 하는데 절 주변에 많이 자란다. 구시월에 오십 센티미터의 줄기 끝에 다섯 개 이상 열 개의 진홍색 꽃이 방사상으로 핀다. 꽃이 지고 난 후에야 잎이 돋아나 잎과 꽃이 서로 그리워한다고 해서 상사꽃이라고 한다. 선운사와 쌍계사의 석산이 유명하다.

석산이 지고 나면 또 단풍이 온 산을 물들인다. 선운산의 단풍은 이웃 내장산이나 백암산 단풍처럼 화려하지는 않지만 은근하면서도 조촐한 아름다움을 느끼게 한다. 특히 도솔계곡의 단풍이 찬란하다. 그리고 눈 쌓인 선운산은 도솔 만다라처럼 정토의 장엄하고도 신비함을 보여주는 듯하다.

슬프도록 아름다운 보길도

남해안의 푸른 보석 같은 보길도는 한번 들어가면 진정 다시 나오고 싶지 않은 환상의 작은 섬이다. 마치 귀부인의 목에 걸린 흑진주 목걸이 같은 예송리(禮松里) 해변의 묵석 바둑돌(검은 깨돌을 이곳 사람들은 '짝지'라고 한다)들이 하얗게 부서지는 파도에 몸부림치듯, 온몸을 부딪쳐 구르는 아름다운 자연의 소리는 더 없을 듯하다. 보길도 앞바다는 "고운 볕이 쬐었는데 물결이 기름 같다"는 고산의 표현 그대로의 청람색 물빛이 꿈결 같은 오월의 햇살을 듬뿍 받아 유난히 눈부시다. 그곳에 바다는 마치 전기다리미로 다려놓은 것처럼 팽팽하게 펼쳐져 있다.

완도군 노화도 이목리 선착장에서 바라보는 보길도는 헤엄을 쳐서 단숨에 건널 수 있을 것처럼 코앞에 빤히 바라다 보인다. 이목리 선착장에서 철선을 타고 출발했다. 철선 위에서 바라본 보길도의 겉모양은 마치 말기끈을 풀어 헤쳐 놓은 연초록빛 비단 치맛자락 같다. 보길도는 주산인 사백오십삼 미터의 격자봉(格紫峰)과 마주보고 있는, 북쪽 이백오십 미터의 오운산(五雲山)

이 두 팔을 뻗어 둥글게 싸안고 있는 모양의 동서 십이 킬로미터, 남북 팔 킬로미터 크기의 섬이다. 삼천육백구십 정보 넓이의 이 섬 모두가 고산의 유적지라 해도 틀린 말이 아니다. 고산은 팔십오 세를 일기로 세상을 뜰 때까지 여섯 차례에 걸쳐 섬을 드나들며 이곳에서 십삼 년간을 보냈고, 너무나 잘 알려진 「어부사시사」 등을 지었다.

도선장에서 보길도를 굽어보면 통리(桶里) 왼쪽 섬의 중앙에 덩실한 흰색 이층 건물의 보길 면사무소가 한눈에 들어오고, 그곳에서 다시 왼쪽으로 얼마쯤 떨어진 곳이 보길도의 관문인 청별 선착장이다. 이 선착장은 고산의 입도 이래로 지금까지 부두로 이용되고 있다. 주말이라 선착장에는 보길도를 오가는 사람들로 붐볐다. 칠십년대까지만 해도 이 섬에는 오천 명쯤 되는 섬 사람들 외에 전남대학교 연습림을 관리하는 사람들과 고산을 연구하는 국문학자들, 그리고 선창리 일대에 널리 깔려 있는 수석 채취를 위해 찾아오는 사람들 외에는 별로 드나드는 사람이 없었다. 그때까지만 해도 뭍사람들이 이 섬을 찾는 경우에는 돈 한 푼 안들이고 며칠이고 쉬어갈 수 있을 정도로 인심이 후했다. 그러나 지금은 찾는 사람들이 많고 특히 여름철에는 온통 섬 전체가 벅신거릴 정도이다. 영업을 전문으로 운영하는 민박업소가 들어서 선착장에 내리면 손님을 끄는 모습을 쉽게 찾아볼 수 있다.

누구나 보길도에 오면 윤선도 시인이 건설한 '풍류 유토피아'의 아름다움에 흥건히 취하게 된다. 고산이 보길도에 처음 발을 디딘 것은 1637년 정월이었다. 병자호란이 일어나자 고산은 해남 연동에서 가노들을 중심으로 의병을 결성하여, 배편으로 왕족과 군신들이 피난 가 있던 강화도로 향했다. 그러나 강화는 이미 함락되고 인조 임금은 치욕적인 항복을 했다는 소식을 듣고 그대로 뱃길을 탐라로 돌렸다. 그는 탐라로 향하던 중 보길도의 황원포(黃源浦)에 잠시 배를 정박시키고 쉬다가 이곳의 빼어난 선경에 도취되어 탐라 행을 포기하고 머무르게 된 것이다. 노복과 가족 등 백여 명과 함께 보길도에 자리를 잡았다. 야트막한 산들이 병풍처럼 감싸고 있는 산골 안쪽은 지형이 마치 연꽃 봉오리가 터질 듯이 피어난다 하여 부용동(芙蓉洞)이라고 이름 짓고, 낙서재(樂書齊) 등 스물다섯 개의 정자와 세연정(洗然亭)이라는 정원을 만들었다. 또한 분지형의 한가운데에 인공산 조산(造山)을 만들고, 거대한 인공호수 방지(方池)를 조성했다. 고산이 이곳에 꾸민 세연정·조산·오운산의 석문·돌연못·돌샘·돌폭포·돌대(石臺)·희황교(羲黃橋)·동천석실(洞天石室) 등은 참으로 아름다운 걸작들이다.

청별 도선장에서 격자봉 쪽으로 천오백 킬로미터쯤 거리에 우리나라 옛날 정원 중 인공적인 조형미가 가장 뛰어난 세연정이라는 정원이 있다. 구성과 구조가 뛰어나고 조선 양반문화의 멋과 풍류가 넉넉하게 담겨 있는 이 정원에는 회수담이라는 큰 못과 연정고송(然亭孤松)과 굴뚝다리·혹약암·사투암·전수암·고산마총·정자터 등이 남아 있다.

세연정은 보길도의 정원 중에서 인공적 조형 처리가 가장 잘된 곳이다. 직선적이고 대칭적이며 기하학적 조형미를 갖춘 신선정원에 속한 것이라 할 수 있다. 방지 가운데 고송(孤松)이 서 있고 특히 수량 조절을 위해 오입삼출 방법(五入三出方法)을 썼다. 동북쪽의 호반 안에 인공적으로 만든 섬이 있으며 옥소암·동대·서대 모두 인공적으로 만든 것인데, 동대는 평형으로, 서대는 나선형 축으로 되었다. 놀라운 것은 옥소암의 큰 바위를 어떻게 인력으로 운반했을까 하는 것이다.

또한 세연정의 굴뚝다리는 앞쪽 정대를 건너가기 위해 완전 석재로 만들어진 것으로, 판석을 오목하고 볼록하게 다듬어 상하로 조립하였고, 내부는 물이 새는 것을 방지하기 위해 굴껍질을 태워 가루로 만든 생석회를 발랐다. 이곳에 물을 넘치게 하여 폭포를 만들기도 했다. 세연정에서 다시 오백 미터쯤 들어가면 미산이 있고, 미산 오른쪽에 조산이 자리 잡았다. 미산과 조산 사이로는 낭음계가 흐르고 이곳에 곡수당이 있다.

부용동에서 고산의 생활 중심지는 격자봉 밑에 세워진 낙서재다. 낙서재 양쪽에는 무민거와 정성당 옛터와 함께 성곽처럼 둘러쌓았던 돌담이 넓은 면적을 차지하고 있는 것을 볼 수 있다. 조산과 미산 사이의 낭음계를 따라 곧장 들어가면 석실이, 그리고 석실 오른편에 승룡대(昇龍臺)가 섬의 맨 위쪽에 석전대(石田臺)가 있다. 도선장에서 석전대까지는 사 킬로미터쯤 된다. 그러니까 청별 도선장에서부터 세연정 정원을 경유하여 미산·낭음계·조산·낙서제·석실·승용대·석전까지를 차례로 돌아볼 수가 있다. 고산은 낭음계를 중심으로 둘레를 낙원으로 꾸며 놓은 것이다.

낭음계는 고산이 산책과 휴식을 즐기던 곳이다. 곡수대는 연못을 만들어 그 못 속에 여러 괴석들을 배열하였다. 남은사 바로 옆에 있는 석실은 바위 위에다 축대를 만들어 승용대라 이름하였고, 바위와 바위 사이에 정각을 짓고 그 정각과 정각의 단애 밑에 석간수를 이용한 세 개의 작은 연못을 만들어 이곳에 수련을 심었으며, 그 연못에서 정각을 오르내리는 층계를 교묘하게

예송리 조약돌 해변, 전남 보길도, 1999

만들었다.

고산이 꾸며 놓은 이 같은 것들은 당시 지배계급의 사치스러움과 호사스러움을 충분히 짐작할 수 있게 해주고 있다.

… 조반 후에는 사륜거에 올라가서 현죽(絃竹)의 악기를 뒤따르게 하여 회수당(回水堂) 혹은 석실에 올라가 놀았다. 세연정에 도착하면 곁에 자제를 시종케 하고 희녀(姬女)들을 작렬(作列)시켜 작은 쌍 배를 못 위에 띄우고 영동남여(伶童男女)들의 찬란한 채복(綵服)의 용자(容姿)가 수면에 비치는 것을 보면서 자기가 지은 어부사시사를 유연히 노래 부르게 하고, 혹은 배를 버리고 당상에 올라가 선죽관현(線竹管絃)을 연주케 하였다. 혹은 사람을 뽑아 동대·서대로 나누어 상응하여 춤추게 하였고 혹은 선무자(善舞者)를 택하여 장수(長袖)로 옥소암 위에서 춤추게 하여 못에 떨어지는 그림자를 보고 즐겼다.

고산의 「가장유사(家藏遺事)」에 기록되어 있는 바와 같이 그는 풍광이 아름다운 보길도에서 충분히 삶을 즐기면서 시작(詩作) 생활을 하였다.

오랜 세월이 흘렀지만 부용동 곳곳을 둘러보면 아직도 고산의 발자취가 여러 곳에 완연히 남아 있음을 알게 한다. 오운산 중턱에 솟아오른 바위절벽 꼭대기 마름모꼴의 펑퍼짐한 바위에 앉아 내려다보면 남쪽 발부리 아래로 부용동 전체가 손에 잡힐 듯 한눈에 들어온다. 고산은 이 바위를 파서 찻상(茶床)을 만들어 놓고 바위 오른쪽에 있는 돌샘에서 물을 길어다 차를 끓여 마셨다고 한다. 이 바위를 '차바위'라고 한다.

보길도에는 고산 유적 외에도 예송리 해수욕장이 널리 알려져 있다. 활시위처럼 휘움한 해안선에는 작은 것은 강낭콩만하고 큰 것은 바둑돌만한 검은 자갈들이 수억만 년의 신비를 고스란히 간직한 채 파도에 씻기며 온몸으로 구르고 있다. 또한 고산이 심은 해변에 늘어선 노송들과 천연기념물로 지정된 예송리 상록수림은 바닷물처럼 사시사철 보길도의 푸름을 더해 주고 있다. 보길도 열두 섬 사이를 느슨하게 감고 도는 물안개 흐르는 아침 한때의 모습도 빠뜨릴 수 없는 보길도가 자랑하는 선경 중의 하나이다.

배를 타고 보길도를 떠나오는데 부용동의 여덟 가지 빼어난 경치 중의 하나인 격자봉에 휘감긴 낮은 구름이 자꾸만 옷자락을 붙잡는 것만 같았다. 뱃머리 바다에는 갈매기 둘씩 셋씩 오락가락하고, 귓전에 「어부사시사」 사십 수가 절절히 흐르는 것 같다. 언제 와 봐도 보길도는 차마 떠나고 싶지 않은 꿈 같은 섬이다. 보길도에 유배당할 수만 있다면 얼마나 행복할까.

시인은 무엇을 남기고 가는가

시인은 이 세상에 무엇을 남기고 가는가. 시인은 세상을 떠날 때 작품만을 남기고 가는 것은 아니다. 쓰던 만년필이나 그가 신었던 낡은 구두 한 켤레까지도 빛나는 시의 상징처럼 남는다. 시인의 일상은 역사가 될 수 있는 것이다. 그것을 우리는 정신적 유산, 혹은 교훈이라고 한다. 역사적 의미라고 해도 좋다. 어떻게 보면 한 시인이 이 땅에 살다가 남긴 것은 그가 노래한 시뿐만 아니라, 고난과 기쁨이 켜켜이 쌓인 삶의 매듭까지도 새로운 역사의 의미로 우리에게 각인되어 다가오기 때문이다.

우리는 시인이 남긴 시를 통해서 정신적 수혈을 받듯 시적 감흥을 맛볼 수 있지만, 시인이 살아온 흔적들에서 시인의 또 다른 존재론적 향기를 느낄 수가 있는 것이다. 살아온 발자취에서 역사의 마디마디를 짚어 보고 우리들 미래를 꿈꿀 수 있기 때문이다. 그런 의미에서 시인은 결코 개인사적인 삶을 살지 않는 것이다. 그 때문에 이 땅을 떠난 옛 시인의 삶의 궤적과 흔적들을 찾아가는 길은 설렘보다 긴장감이 앞선다.

전라북도 고창군 부안면 질마재에 가면 미당 서정주 시문학관이 있다. 국화가 한창 찢어지게 피어나던 2001년 11월 3일 개관을 했다. 내장산 단풍 구경꾼들의 발걸음이 뜸해질 무렵 갈재를 넘었다. 아침부터 고추바람이 불불 불어왔다. 십이월이 되었지만 신작로 주변의 아기단풍 가로수는 아직 주황색 그대로 화려하기만 했다.

단풍을 보자니 불현듯 '저기 저기 저, 가을 꽃자리 / 초록이 지쳐 단풍 드는데'의 「푸르른 날」이라는 미당의 시 한 구절이 떠올랐다.

내가 죽고서 네가 산다면 / 네가 죽고서 내가 산다면 / 눈이 부시게 푸르른 날은 / 그리운 사람을 그리워하자

나는 자신도 모르게 「푸르른 날」이라는 노래를 흥얼거렸다. 가라앉은 내 목소리는 단풍나무 가지 사이로 슬픈 빛깔을 뿌리며 흘러갔다. 그의 시를 읽고 있으면 왠지 저절로 기분이 좋아 그를 비난하기가 어려울 것만 같은 생각이 들었다.

고창에서 질마재까지는 자동차로 삼십 분 안팎 거리에 있다. 흥덕을 지나선운사 쪽으로 오 분쯤 달리다 보면 부안면 면사무소에 당도하게 되는데, 이곳에 '인촌 김성수 생가'와 '미당 서정주 생가' 안내판이 따로따로 걸려 있다. 질마재까지는 십 킬로미터쯤 된다. 이곳에서 질마재 가는 길은 세 갈래로 나뉜다. 직진하여 선운사를 향해 달리다가 소요사 쪽으로 휘어들어 질마재를 넘거나, 선운사 입구에서 영광 법성포 방향으로 이백 미터쯤 달리다 우회전하여 다리를 건너 작은 모퉁이를 돌면 질마재다. 안내판의 화살표를 따

라 부안 면사무소에서 우회전했다. 세 갈래 길 어디로 가거나 거리는 비슷하다.

가을걷이가 끝난 들판에는 을씨년스러운 바람만 가득했다. 황량하기까지한 빈 들판 한가운데로 뻗은 아스팔트 길을 따라 십여 분쯤 달리자 인촌 생가가 있는 인촌리에 당도했다. 이 마을에 이르자 부지불식간에 「자화상」이 떠오른 이유는 무엇 때문이었을까.

애비는 종이었다 / 밤이 깊어도 오지 않았다… / 스물세 해 동안 나를 키운 건 팔 할이 바람이었다

스물세 살 때 썼다는 이 시에서 미당은 부끄러운 가문의 내력을 숨김없이 털어놓았다. 그의 자전 「내 마음의 편력」이라는 글에서 "부친이 호남의 대지주인 동복영감네 마름살이 하는 것이 창피스러워 철이 들 무렵부터 반항적이었다"고 술회하고 있다.

인촌의 생가 마을이 나타나자 질마재에 가까이 왔음을 알 수 있었다. 아니나 다를까 바람에 일렁이는 갈대밭 위로 펼쳐진 변산반도 앞바다를 바라보며 산모롱이를 휘감고 돌자 야트막하면서도 제법 산의 위용을 갖춘 야청빛의 소요산이 보였다.

소요산 턱밑, 신작로와 맞바라기로 '미당시문학관 개관'이라는 대형 플래카드가 보였다. 국화철인데도 국화꽃 한 송이 피어 있지 않았고, 건물 앞에 새로 심은 소나무 몇 그루가 바닷바람에 몸살 나도록 흔들리고 있었다.

어딘가 건물이 낯설게 느껴졌다. 빈 성냥갑을 엎어놓은 것 같은 직사각형

의 시멘트 정문도 그렇고, 역시 시멘트로 뒤발질해 놓은 기다란 단층 건물과 건물 중간 부분에 오층 높이로 뾰족하게 세워진 탑 모양의 전시실도 부자연스럽게만 느껴졌다. 마치 '레고로 지은 집'처럼 시멘트와 직각의 딱딱함이 거부감을 느끼게 했다. 어쩐지 미당의 서정적이고 소박한 시 세계와는 이미지가 맞지 않을 것 같아 아쉬웠다. 고창군 관계자의 말로는 시멘트 구조물의 딱딱한 느낌을 없애기 위해 정문과 오층 전시동에 담쟁이넝쿨을 올릴 것이라고 했지만 칡넝쿨을 올린다 해도 질마재와는 어울리지 않을 것 같다.

개관식 날 다녀온 문인들의 한결같은 소견대로 지나치게 규모가 큰데다가 미당의 시정신과 어울리지 않은 것 같았다. 고향산천에 지천으로 핀 국화꽃이나 '애비는 종이었다'와 같은 소박하고도 깨끗한 들꽃의 정서와는 너무나 거리가 멀게 느껴졌다.

고창군에서는 이 건물을 짓는 데만 십억 원을 들였다고 한다. 폐교된 선운초등학교 봉암분교 이천백 평의 부지에 세워졌다. 연면적 이백사 평은 제1전시동, 제2전시동, 세미나동, 식당동으로 이루어졌다. 사각의 뾰족탑처럼 된 오층의 제1전시동은 일층 안내실과 영사실이 자리했고, 이층에는 자료실, 삼·사·오층은 전시실이다.

육층 옥상 전망대에 올라보니 탁 트인 변산반도 앞바다가 발부리 앞에 출렁여 보였다. 바다를 바라보며 "아 반딧불만한 등불 하나도 없이 / 우름에 젖은 얼굴을 온전한 어둠 속에 숨기어 가지고… 너는 / 무언의 해심(海心)에 홀로 타오르는 / 한낮 꽃 같은 심장으로 침몰하라"고 노래했던 「바다」가 생각났다. 밤에 질마재에서 바라본 바다는 정말 반딧불만한 등불 하나도 없는 깜깜한 암흑의 세상일 것이다.

　제1전시동부터 오층까지 전시된 내용들을 살펴보았다. 미당의 시화도자기에서부터 『화사집』원본, 시집 초판본, 육필원고, 사진, 문방구류, 생활용품, 임종 당시의 환자 인식표, 김기창 화백이 그린 초상화, 박노수 화백이 그리고 미당이 쓴 「국화 옆에서」의 시화, 서예 작품들, 노년에 외웠던 세계 산 이름 목록 등 만 오천 점이 전시되어 있다. 2000년 10월 28일부터 세상을 떠나기까지 마지막 병원생활에서 신었던 갈매기표 흰 고무신의 빛깔이 유난히 희게 빛났다. 생전에 썼던 마라톤 타자기며 라이터, 사진 앞의 작은 조약돌 세 개, 은행통장들, 낡은 구두와 지팡이들, 군에 입대한 아들에게 보낸 편지, 나비넥타이와 낡은 모자에서 국화꽃 향기 같은 시인의 인간적인 체취가 풍겼다. "94년 11월 13시 민용태. 서울신문 기자 방문. 선비(先妣) 제사 등…." 옛날 달력의 날짜 칸에 기록된 메모에서 시인의 꼼꼼한 성품을 읽을 수가 있었다. 특히 오층에 전시된 마지막 십 년간 치매에 걸리지 않기 위해서 외웠다는 원고지 이백 장 분량의 세계의 산 이름 목록을 보고 가슴이 아려 왔다. 산 이름은 모두 영어로 스펠링 하나 틀린 것 없이 또박또박 정확하게 쓰여 있었다. 시인은 원고지 이백 장 분량의 산 이름을 사천 번이나 외웠다고 한다. 나는 그 집념에 놀라지 않을 수 없었다. 이만한 집념이 그의 이름 앞에 '시선(詩仙)'이니 '시의 정부'니 하는 수식어를 붙게 했을 것이라는 생각이 들었다.

　그런가 하면 전시품 중에서 일층부터 오층에 올라가는 계단의 벽에 붙여 놓은 세계 명산들 사진은 별로 의미가 없었다. 시인이 직접 찍은 것도 아니고 등정을 한 사진도 아닌 바에야 군이 전시할 필요가 있겠는가. 그리고 자녀들의 성적표며 자녀들이 쓰던 물건들, 시인의 주례를 섰던 수많은 사진들도 눈길이 가지 않았다.

나는 오래전에 독일에 가서 '괴테의 집'이며 '횔더린의 집'을, 그리고 프랑스에 갔을 때는 '유고의 집'을 구경한 적이 있었다. 모두 살던 집을 잘 보존하여 작가가 썼던 필기도구며 육필과 저서 등, 꼭 필요한 문학사적 가치가 있는 자료들만을 정갈하게 정리하여 전시하고 있었다. 작은 공간인 데도 방문객들이 끊이지 않았다. 미당의 시문학관은 너무도 규모가 큰 것에 비해 찾아오는 발길은 뜸했다. 차라리 같은 마을에 황토벽 집으로 복원해 놓은 두 채의 생가를 알차게 잘 꾸몄더라면 하는 생각이 들었다. 그런가 하면 전북 사람들은 미당문학관보다는 가람 이병기문학관이 먼저 세워져야 하지 않느냐는 이야기들도 나오고 있었다.

질마재의 시문학관에서 시인 서정주를 온전하게 만나기에는 무엇인가 아쉬움과 허전함이 많았다. 많은 유품과 자료가 진열되어 있었으나 자료에 대한 자세한 설명이 없다시피 했고, 미당 시인의 삶과 문학에 대한 개괄적인 이해를 하기에도 부족했다.

전북환경운동연합과 황토현문화연구소 등 일부에서는 문학관이 미당의 친일 행적에 대해서는 아무것도 보여주지 않고 미화하고 있다고 성명서를 발표하기도 했다. 미당 시인의 행적을 미학적인 관점에서만 평가하는 것은 바람직하지 않다는 지적이다. 그의 문학적 향기가 영원하기 위해서는 보다 냉정하게 그의 삶과 문학을 시대적 배경과 함께 총체적으로 정리하고 비판

해야 한다는 것이다.

　이런저런 사연들을 고려해서라도 고향 질마재에 세워진 문학관이 생가 중심으로 시인의 시적 이미지와 걸맞게 소박하고 아담하게 만들어졌더라면 하는 아쉬움이 컸다.

　돌아올 때는 아스팔트로 잘 다듬어진 소요산 자락의 질마재를 넘어왔다. 고갯길을 넘어오면서 「자화상」을 쓸 무렵이었던 스물세 살의 미당을 생각해 보았다. "애비는 종이었다"라고 썼던 그때의 그가 너무도 그리웠다. 질마재에서 소요사 안내판을 뒤로하고 내려오면서 갑자기 「역사여 한국 역사여」라는 시가 생각난 것은 무슨 연유였을까.

　흙 속에 파묻힌 이조백자 빛깔의 / 새벽 두 시 흙 속의 이조백자 빛깔의 / 역사여 역사여 한국 역사여

　불운하고 비극적인 조국의 역사 속에서 한 시인의 아픔과 회한으로 얼룩진 삶이 "흙 속에 파묻힌 이조백자 빛깔"처럼 슬프게만 느껴졌다. "역사여 역사여 한국 역사여"라고 울부짖음 같은 이 대목은 어쩌면 김남조 시인의 표현대로 "이는 단순히 말이나 글이 아니고 커다랗게 나붙은 게시판에 주물(鑄物)을 파서 새긴 각문(刻文)"과 같은 것인지도 모른다.